时间笔记

梁平 著

图书在版编目（CIP）数据

时间笔记 / 梁平著. -- 广州：花城出版社，2020.4
ISBN 978-7-5360-9138-2

Ⅰ. ①时… Ⅱ. ①梁… Ⅲ. ①诗集－中国－当代 Ⅳ. ①I227

中国版本图书馆CIP数据核字（2020）第033497号

出 版 人：肖延兵
策划编辑：程士庆
责任编辑：安　然
技术编辑：薛伟民　凌春梅
装帧设计：拙林设计　齐力联合

书　　名	时间笔记 SHIJIAN BIJI
出版发行	花城出版社 （广州市环市东路水荫路11号）
经　　销	全国新华书店
印　　刷	恒美印务（广州）有限公司 （广州南沙经济技术开发区环市大道南路334号）
开　　本	880毫米×1230毫米　32开
印　　张	8.375　2插页
字　　数	170,000字
版　　次	2020年4月第1版　2020年4月第1次印刷
定　　价	59.80元

如发现印装质量问题，请直接与印刷厂联系调换。
购书热线：020－37604658　37602954
花城出版社网站：http://www.fcph.com.cn

——写诗四十余年,唯一想做的事就是,把诗写进骨子里。拒绝肤浅和妖艳,

序

从"私人档案"勘探的秘密编码
——梁平《时间笔记》的一个导读

耿占春

看到《时间笔记》的时候,我以为它呈现的是一部长时段的作品,没想到这部诗集基本上都是梁平的近作。而就其所显露的心迹而言,又的确可以视为长时段的生活所酝酿的变化在近期的一个呈现。这种变化是诗人情感从外向内的推进,从宏阔向幽微的调试,在"大我"与"小我"之间构成血与肉的关联,在人与人、人与自然和社会的各种冲突与隔阂中达成和解。很明显,这个变化的根本所在,是在努力甚至是执拗地推进情感的强度。《时间笔记》的命名似乎与读者达成了一个契约,即我们可以将他的诗歌视为一种个人化的记录,一个人的心路历程。《时间笔记》就是诗人的心路笔记,它的所指、能指又绝不是简单的个人履历,而是更深刻地揭示了作为社会里的"个人"繁复的内心状态。打开

《时间笔记》,或许就能找到诗歌的秘密编码,披阅一份新鲜、异质、妙趣横生的《私人档案》——

世纪之交,单纯与文字为伍,
在《红岩》看红梅花开了三茬。
解放碑的某个小巷还有人对接暗号,
沙利文的刀叉不见了踪迹。

一枚闲子被《星星》唤醒,
从沙坪坝经桑家坡直抵燕鲁公所,
组织给我接风在克拉玛依,
新华路一个有隐蔽意味的地方。

红星路上没有红颜色的星星,
惨白的星光爬上额头分行,
第一行和最后一行都挂在铁门上,
与沧桑越来越匹配。

十五年以后,我把星星的密电码,
在星光灿烂的夜晚交给了接头人,
不带走一个标点符号。
九眼桥在那天夜里,失眠了。

少陵老爷子夜游浣花溪

和我不期而遇,小店里喝的那杯酒,
有点猛,在茅屋折腾了一宿,
醒来发话,过来种植点花草吧。

花甲挪窝《草堂》扎寨,
还是那套种植的手艺,横撇竖捺。
茅屋没有岗哨,没有砖瓦磕磕碰碰,
随心所欲、所不欲。是为记。

果然是"私人档案",诗人提供了几个清晰的时间节点,还有作为生活路标的几个地点、几个相关人物和三份知名杂志,但这份"私人档案"的书写又充满暗号和密码,"红梅""星星""茅屋"之类既是写实又是隐喻,由此它显现了诗歌的本义,即使是白话诗,即使是一种自白,诗人也没有放弃它一定的秘传属性,尤其是在广告的直白意图和大众传播的显白话语里,诗歌依然使用着一种幽微的语言,有如担忧一旦没有了密码与秘传,某些与诗歌有关的真理就会消失,或者被误读。

诗人的这份私人档案并非一目了然,在诗歌写作中,诗人既孜孜于自我分析,又倾向于自我掩饰,甚至有时候也不免渴望自我圣化,很难说这是本意还是无奈之举,诗人说,《我被我自己掩盖》——

我被一本书掩盖,

文字长出的藤蔓相互纠缠，
从头到尾都是死结，身体已经虚脱。

我被一个梦掩盖，
断片与连环铺开的情节清晰，
梅花落了，枝头的雪压哑了风的呼啸。

　　除了书和梦，诗人写到，"我被一句话掩盖"，无法区分"舞台与世界"，真实与幻影；最终，"我被我自己掩盖，草堂的荒草爬满了额头"，显然，"掩盖"既有遮蔽也有遮护的意味。就像梁平在一些诗中，既揭破面具又使用面具，既以梦揭示现实又以梦掩饰自我。
　　但自我遮护似乎并不是梁平的个性，他在诗中更多的是在赞美"裸露"和坦诚，他说，"裸露是很美好的词"，一如《石头记》所说，"我的前世就是一块石头"——

让我今生还债。风雨、雷电，
不过是舒筋活血。
我不用面具，不会变脸，
所有身外之物生无可恋。
应该是已经习惯了被踩踏，
明明白白的垫底。

在"我被一本书掩盖",被梦、被话语以至被我自己掩盖的认知之后,梁平很快说出反语叙述,"不用面具,不会变脸",如赤裸的石头。诗人说他就这样做"垫底"的石头,"如果这样都有人被绊了脚",他劝人"找找自己的原因,我一直在原地,赤裸裸"。与梁平诗歌增加着的反语修辞相比,这里的叙述虽不算深刻,但依旧有点咄咄逼人。

无论是掩盖还是坦诚,似乎都与人的需求或欲望有关,诗人承认他的《欲望》,但他也愿意如此看待自身,"我的欲望一天天减少"——

曾经有过的忌恨、委屈和伤痛,
一点一点从身体剥离,不再惦记,
醒悟之后,行走身轻如燕。

"我是在熬过许多暗夜之后,读懂了时间",不再有纷争与忌恨,他提供了一个时辰以见证这一点,这是孟子所说的平明之际羲皇的时间。"天亮得比以前早了,窗外的鸟,它们的歌唱总是那么干净,我和它们一样有了银铃般的笑声。"这就是他此刻的意愿,质疑自己曾经的欲望与动机,摒弃自身的执念,同时隐含着对他人看法的修正。这是诗人天真的一面。

他如此自白说:"我的七情六欲已经清空为零,但不是行尸走肉,过眼的云烟,一一辨认,点到为止。"

我们不知道是否应该相信诗人所说,因为他一直在制造自我的反语,他一直在使用着反语叙述。至少这是诗人心迹的表露,他称自己《深居简出》,满眼是一个祥和的世界,"骑马挎枪的年代已经过去,天地之间只有山水……与邻居微笑,与纠结告别",我们是否该相信这个"闲庭信步"的诗人,"熟视无睹树上站立的那只白鹭",而且他告诉我们"那是一只读过唐诗的白鹭,心生善意,含情脉脉",连怀孕的猫也在"伸展四肢的瑜伽"。他说,"我早起沏好的竹叶青,茶针慢慢打开",似乎沏茶、茶叶在水中舒展,都是一种主体性的心理过程的显现,"温润而平和"。

  在诗人的整体语境中,不好断言"与纠结告别"微笑的面孔是内在真实状态还是他希望自己显现出来的状态。但至少,诗人希望的是走向中庸之道而非极端处境。诗人说自己已到了《耳顺》的年纪,没有"掩饰、躲闪、忌讳"——

耳顺,就是眼顺、心顺,
逢场不再作戏,马放南山,
刀枪入库,生旦净末丑卸了装,
过眼云烟心生怜悯。
耳顺能够接纳各种声音,
从低音炮到海豚音,
从阳春白雪到下里巴人,

甚至花腔，民谣，摇滚，嘻哈，
皆可入心入耳。
以后任何角落冒出的杂音，
都可以婉转，动听。

　　诗歌的传记经验所表达的并非一些事件的编年史，而是变化着的心理轨迹，内心的欲望与愿望也是它的一部分，"耳顺"不同于"顺耳"，"眼顺"不是"顺眼"，"心顺"也未必是"顺心"。顺耳、顺眼、顺心差不多是一种自然事态，耳顺却是一种主观性，一种人们普遍渴望抵达的主观性。前者由环境宰制，后者由自身决定。由此而言，当诗人一再表示《卸下》或《舍得》的时候，我们不知道是自我劝慰还是事实陈述，"卸下面具"，卸下"装扮，赤裸"。他说，"与世无争是一种突围，突出四面埋伏的围困"，把"看重的放下"，"任何时候都不要咬牙切齿，清淡一杯茶，润肺明目，看天天蓝，看云云白"（《卸下》）；"蓝天在上，白云在上，遇见蓝天白云没有人不自惭形秽。所有身外之物开始脱落……"（《舍与得》）。通常而言，耳顺的修为是在一些价值含混的乃至相互冲突的社会环境中产生，有时候是为着让主体性的感知与无价值的事实之链断开，即让"身外之物脱落"，有时候却是一种没有价值观的修炼，让主体的感知与价值之链分开。

　　就像诗人总在裸露与掩盖之间游移，他也在欲望的清空与欲望的搏击之间游移，梁平总是制造自己的反语叙述，在放言刀枪入库马放南山之际，诗人旋即又承认《我肉身里住着孙悟空》，他真是一个表现自我矛盾的高手。不过，他希望"无休止的博弈和厮杀，并不影响我面对世界的表情，真诚、温和而慈祥。我清点身体内部历经的劫数，向每一处伤痛致敬"。他对受伤的自身致敬又为他可能带来伤害的能力担忧，"我知道自己还藏有一颗子弹，担心哪一天子弹出膛，伤及无辜"，因此，"盲点"或"盲目"也是双重意味的，所以他甘愿"让世间所有的子弹生锈，成为哑子"（《盲点》）。

受伤与伤害或许体现了一种身体的社会属性，既是生活叙述又似乎包含着一种转义，在我们的时代，所有的行为都有自己的反面，所有的价值都产生了含混与歧义，所有的事物都感染了另一种属性。他在《经常做重复的梦》中说，"……这个梦是一次杀戮，涉及掩盖、追踪、反追踪，和亡命天涯。我对此耿耿于怀，这与我日常的慈祥相悖，与我周边的云淡风轻，构成两个世界"。

我怀疑梦里的另一个我，
才是真实的我。
我与刀光剑影斗智斗勇，
都有柳暗花明的胜算，
甄别、斡旋、侦察和反侦察，

从来没有失控。
而我只是在梦醒之后，
发现梦里那些相同的布局，
完全是子虚乌有。

　　如果不存在神秘主义的解释的话，如此可疑的"梦里的另一个我"，让诗人自身感到如此陌生的另一个我，或许源于多变的社会生活状态中的某种集体潜意识。在一个剧烈变迁的社会历史阶段，在欲望与无欲的挣扎中，似乎每个人都在"掩盖"与"裸露"之间摆动，每个人都会成为两个（或更多）相互分离的人，每个人的每个时刻或许都是相互分离的人。诗人力图在不断制造出反语的过程中与一个确定的自我保持距离。

　　梦的时间或许是事实世界的一个讽喻性的叙述。梦是事实世界的寓言。这是一个风轻云淡的世界，也是一个刀光剑影的世界。对个人生活而言的刀光剑影或许纯属子虚乌有，但却揭示了人们所熟知的社会情境。在利益急剧增长而不能共享的时代，社会性的互利模式已经转换为无法遏制的互害模式。诗人的无意识场景确然无疑地揭露了真实的社会生活场景。人们总是说，日有所思，《夜有所梦》——

我梦里都是神出鬼没，
那天神对我说，

赐你万能的权力,诅咒你敌人。
我在手机上翻检所有的名录,
都笑容可掬,没有。
鬼又过来,拿一帖索命符,
去把你身边的小人带来。
我省略了学生时代,从职场过滤,
也找不到可以送帖的人。
世界很大分不清子丑寅卯,
习惯忽冷忽热的面具,
看淡渐行渐远的背影。
与人过招是前世修来的缘分,
轻易指认敌人和小人,
自己就小了。

  因为有如此之多的烦恼、敌意与焦虑,才有这么多的自我劝慰。在充满反语的叙述话语中,梁平的诗抵达了一个反讽的生活时刻。他希望从这种焦虑状态中解脱出来,一个证明就是他将这一切视为"前世修来的缘分",即使拥有如梦中天神赋予的超自然力,他也想弃绝那种带来敌意和伤害的能力。诗人注重的,是对友谊的渴望、对坦诚的向往、对戒备与敌意的弃绝,以及由此而来的豁达心智的养成。如《花名册》一诗所说,"别在生命的呕心沥血里,假设敌意与对抗,平心静气"。

在无欲与欲望之间，在裸露与掩盖之间，在友情与敌意之间，诗人在不断地游移摆动，因为他并不能确定是环境决定论还是个人的主观修为才是整个事态的焦点，社会心态的改变过于剧烈，时代的巍然不变也无法撼动，以至于古典社会的伦理不再起真实的作用，无欲与耳顺也缺乏真实的生活根基。诗人所做的，也是在不断地制造反语，以便与自身永远区别开来，在下一个时刻，与自己不统一。他说，《我是我自己的反方向》——

我是我自己的反方向，
所以面对你就是一个问题。
你的名字和根底，你的小道具，
比熟悉的我自己，更明了。
你是不是你不重要，
你在和不在也不重要。
镜子面前我看不见自己，
别人的眼睛里我看不见自己，
我是我自己的错觉。
跟自己一天比一天多了隔阂，
跟自己一次又一次发生冲突。
我需要从另一个方向，
找回自己……

真正反省的时刻终于到来了：我是我自己的反方向。这里需要偏离一下传记心理学的描述，关注一下诗歌中的悖谬修辞。对诗人来说，修辞即意味着一种隐秘的修行。诗歌中的修辞意味着对一种隐而不彰的意义模式的探究，我们在此意义上说它是内心深处的修行方式。比起"所谓胸怀，就是放得下鲜花，拿得起满世界的荆棘"这样的格言化的表达，"我是我自己的错觉"，我"跟自己一天比一天多了隔阂"，体现出更富于现代意义的内在省思。打个比方说，如果诗歌中的隽语警句或格言风格是修行的"显宗"部分，"我是我自己的反方向"这样的修辞则是修行的"密宗"领域。再换个说法，前者指向对他人的教诲，后者则归于慎独。

诗人寻找着自己的《过敏原》是什么，过敏既是身体上的又是心理性的，当"皮肤上的战事蔓延至胸腔"，他看见路易斯·辛普森关于诗人要有一个好胃口的告诫，"消化橡皮、煤、铀、月亮和诗"，让他"羞愧于我的自爱自怜"，便"忘了夜幕放大的恐惧，在镜子前端正衣冠。大义凛然地出门、下楼、发动汽车"——

> 我不是去医院，而是漫无目的，
> 想随机遇见我的过敏原，
> 一个红灯，或者一颗子弹。

在一个极其普通的日子里，"端正衣冠""大义凛然"的姿态几乎具有一种堂吉诃德式的喜剧性意味。如果说梁平的诗没有陷入顾影自怜的话，恰恰是因为他在某种反语叙事中将自我喜剧化了，将自我理解为一个讽刺性的和嬉戏性的形象似乎更自然一些。对社会生活的精确感知和荒诞不经的梦幻感受，成就了一种既荒谬又浪漫的风格。诗人意识到，或许自己《有病》，但"问题在于这绝不是某个偶然，而是我的常态"。不要轻易忘记，他习惯于制造自己的反语，他说，《我是一个病句》——

其实，我的病句并不传染，
如此而已，我确信，
我们同病相怜。

读者也未能幸免：我们同病相怜。在一个无序或失序的时代里，在一个启动了互害模式的社会环境里，诗歌可能带来一种同情之理解，孵育着我们内心的自由与宽容。在寻找"过敏原"的同时他也在寻求着自身的《免疫力》，这首诗从"感冒不期而遇"的日常叙述出发，写到"病毒环游我的身体"，然而渐渐进入疾病与免疫力的转义叙事，"我的医生朋友说我自作自受，说免疫力下降，无药能敌"——

免疫力被敏感偷走了，
免疫力被迟钝偷走了，
免疫力被无辜偷走了，
免疫力被牵挂偷走了，
免疫力被心乱如麻的长夜偷走了，
病毒乘虚而入，身体溃不成军。
而已，只能自己下处方——
最好的药是找回睡眠，
净心、净身、净念，
睡个糊涂觉，诸事视而不见，
不闻不问不明不白，
一觉醒来，还是丽日清风。

在精神分析的意义上，诗人是患者又是分析师，诗是症候表征、病理分析又是一纸处方。让诗人纠结的是，无论是敏感还是迟钝，无辜还是牵挂，都是心乱如麻，都是过敏原，都在降低免疫力。心态或情态的产生指向一个充斥过敏原的外部世界，内心生活的及物性带来了内心世界的非自主性，诗人的方剂是古典修养的"净心、净身、净念"，是古典的坐忘或清空，或难得糊涂，然而现代生活的特性恰恰与之相反。这是冲突的核心，不只是人与人的冲突，不仅是人与自身的冲突，也是自然秩序（自然时序）与社会失序之间的冲突。

诗人一面告诫自己需时时警惕,"羊出没和狼出没,在我这里都有十面埋伏","季节变幻,即使改头换面,我也不能口无遮拦"(《冬至这天我格外警惕》);一面又是反语叙述,书写着"自由、慈祥、心无旁骛"的心境;"石头落下,碎了,树叶化成云,天空好蓝,好晴朗"(《一片树叶在半空》)。他书写着安详的生活,安逸于竹叶青和青花郎,"知己、知人、知冷暖"(《我的南方不是很南》);"随手翻看枕边的皇历,有提示——'诸神上天,百无禁忌'知道了什么叫恍然大悟","一只白鹭飞过水面"(《小年》);一面是足不出户,"精心圈养我的文字"(《十字路口》);同时又是"中秋没有月亮,暴雨灌满的夜",又是难以安顿身心的失眠,"东南西北的门上了锁,我不能进出,不能游刃,身心找不到地方安顿"(《宅》)。似乎在人的烦恼与焦虑之下,隐藏着无数的秘密,其实在焦虑之下并没有什么更深的奥秘,普遍焦虑的心态才是这个时代的秘密。无论是荒诞的梦还是失眠,都指向这个世俗时代的负面秘密。

在这些传记性叙述中,并没有提供那些轶事性的个人史,诗歌的自我书写所提供的个人信息既多又少,在日常生活的细节上无疑是很少的,是一种"掩盖",但在心迹表露的意义上又是信息极多的。在梁平的诗歌中,有关心迹、心境的描述相当丰富,他揭示出个性的阴影、梦幻、情绪及其动机，与人争辩、自我对话与劝说，并将有关叙述系统地融入社会生活史的脉络之中。与之同时，这一自我对话的过程也是诗人在诗歌写作中不断制造自身反语的过程，以至于我们不能确认诗人的自我质疑是他最终的看法。

诗人似乎一直受到《流言蜚语》的搅扰，"一直在酝酿一份悼词，写给闹腾的季节"，他"在旧年的档案里翻检，找不到春暖和花开"，唯有"倒春寒"。他写到，一个人走了，"这个季节花开在病房"，花、冬季、病房的并置如同谎言，艳丽是诡异的，"窗外叽叽喳喳"的麻雀，"怎么听都是流言蜚语"。看起来耳顺是困难的，虽然他说过"以后任何角落冒出的杂音，都可以婉转，动听"。个人的心态也像这个世界，无端，失序，反复无常。我们不会惊讶于他如此描述自己的"厌倦"情绪——

> 厌倦时刻分明一日三餐。
> 厌倦早出晚归两点一线。
> 厌倦书桌前半真半假的抒情。
> 厌倦阳台上一丝不苟的色彩。
> 厌倦甜言蜜语。
> 厌倦风花雪月。
> 厌倦瓜熟蒂落。
> 厌倦水到渠成。

厌倦阴影虚设的清凉。
厌倦落叶铺满的哀叹。
厌倦口蜜腹剑勾心斗角。
厌倦虚情假意心照不宣。

至此而言，这是对厌倦情绪的常规表达，但这首诗却是反语性的《喜欢厌倦》，后面的诗句则转向明显的反语叙述，"循规蹈矩顺理成章按部就班，让我迟钝、萎靡、不堪，形同行尸走肉。厌倦，厌倦，厌倦流连忘返，把过去的每一寸光阴，清空。留一块伤疤，独自刀耕火种，日月可鉴"。梁平经常翻转诗歌中的命题，也经常翻转其情绪。因为，厌倦突然变成了清空的方式。

在难辨真情假意和流言蜚语的时代，诗人告诫自己，不仅《有些话可以不说》，而且《有些事可以不做》，"比如告密，盯梢。地上一片落叶的动静，夜半一句梦话的甄别，一个似是而非的背影进了小巷，与你无关……"这是断绝不必要的及物状态，为着回归自己。似乎诗人再次《心甘情愿》地回到最普通的生活中来，"从做爷爷那天开始，我就当孙子了"，"不能在好端端汉语里爆粗，口无遮拦"，"再也没有横眉冷对"，"记住所有人的笑脸"。

从诗人对自我的反方向的惊觉、对疾病和过敏原的诊断，到对免疫力的失去与康复尝试，乃至企图从"厌倦"这样一种负面情绪中摆脱欲望与尘世的纠缠,梁平越来越喜欢使用一种治疗型的语言,传记经验的叙述越来越向个人心理分析史的方向倾斜,寻找着平复焦虑的话语途径。诗人一再地在欲望与无欲、挂心与厌倦、掩盖与袒露的缝隙里吐露着心迹,也描述着个人生活史的轨迹,"我从酒局出逃,在南河苑阳台上独饮霓虹","隐秘的疼痛,没有蛛丝马迹。与醉相拥,夜半孤独醒来,坐守一颗寒星"(《那天立秋》);在南河苑的书房里感知季节变化,"我的书房是我的江山,列阵的书脊和密集的葱茏,浩荡千军万马 我在,我不在,它们都在"(《晚上七点》);如果这些也可以视为个人传记经验的话,如《露天电影》所说,"这是一个年代记忆","城市篮球场,乡村的晒坝,标配一块大白布和高音喇叭,如果有星星和月亮,真是浪漫……遇上激动人心的时候,满场集体吼一句台词",需要探究的是,往昔的岁月所发生的一切,如何构成了个人传记经验的底色,"一个年代记忆"如何成为一代人并不健康的欲望导师,就像诗人所说的电影里的"女特务",兼具政治上的坏和感性上的美,"漂亮得让人不能忘记"。一般而言,个人的传记书写就其回忆的特性而言,总是追溯性的和退行性的。

随着自我认知的扩展,成都地理与重庆地理亦理所当然地成为诗人传记体验的一部分,他书写着新的愚昧时代的《惜字宫》,或再也找不到救命稻草的《草的市》(草市街),他追溯着往日《富兴堂书庄》所承载的"蜀中盆地的市井传说,节气演变,寺庙里的晨钟暮鼓",考据着"檀木雕版上"的秘闻和"古城兴衰与沧桑"。而今,诗人生活在作为历史遗迹的《燕鲁公所》,这里曾是"那些飘飞马褂长辫的朝野"落脚之地,"在这三进式样的老院子……嵌入商贾与官差的马蹄声","砖的棱、勾心斗角的屋檐"之会馆变成了公所,"司职于接风、践行、联络情感",而今"燕鲁公所除了留下名字,什么都没有了,青灰色的砖和雕窗,片甲不留",在一条昏暗的小巷里唯余"面目全非的三间老屋",但诗人说,"我在。在这里看书、写诗,安静得可以独自澎湃"。

虽然隐秘的荣耀和惊心动魄的历史销声匿迹了,但即使物质消失了,曾经存在过的一切依旧留下了抹不去的痕迹,如给人留下社会心理阴影的落魂桥,"我曾在这条街上走动,夜深人静","那是长衫长辫穿行的年代,华阳府行刑的刽子手,赤裸上身满脸横肉的刀客,在那里舞蹈,长辫咬在嘴里,落地的是人头、寒光和血","那些场景,在街的尽头拼出三个鲜红的大字——落魂桥。落虹与落魂,几百年过去,一抹云烟,有多少魂魄可以升起彩虹?"(《落虹桥》)。如果说落魂桥是集体记忆的过去,《红卫兵墓》则属于个人记忆的一部分,"沙坪坝是城市唯一的平地,公园里的树绿得发冷,即使最热的时候进来,笑声也会冻僵"。

"裸露的坟场"如同"旧年的伤疤",那是"一百颗早上八九点钟的太阳",一下子"封存了体温"。在很多诗篇中,诗人描述了他生活过和正生活的地方,它们形成了一个地方的氛围,就像空气那样不可见,但却被人无意识地呼吸着,即使没有进入人们的意识,也会潜入人的无意识。似乎没有理由排除,梁平诗歌中的追杀与搏击,不是源自于古老的历史或晚近的社会生活史,即使它们已经被人遗忘。

对个人生活史的追踪,诗人一直追溯到"未曾谋面的祖籍","我的年轻、年迈的祖母,以及她们的祖母、祖母的祖母",她们那些"游刃有余,习惯了刀剪在纸上的说话",她们生命中的"那些故事的片段与细节,那些哀乐与喜怒,那些隐秘"(《剪纸》),似乎仍然与诗人有关;还有在"旧社会"运送枪支的《老爷子》,"我无法想象那些水运的枪支",从"重庆到汉口","如何安全抵达","那些枪口,最后对准了谁?老爷子从来没有提及",只为"养家糊口"的"老爷子从来不看天上的风云,只管地上的烟火,拖儿带女,跟跟跄跄走进新的社会和时代"。从这些追忆性的传记式叙述中,可以发现一种自觉地挖掘"时间"或"自我"地层的意图,在追溯籍贯时他说,"我不在那里生长,那是我的归宿","爷爷的墓碑是家谱的节选","爷爷就是我的丰都"(《丰都》)。就像一部真实的传记那样,时间和家族谱系的回溯成为一个必要的部分。

最终，诗人发现自己真正的归宿是在文字中，他说，"我睡在一张纸上"，"都拼接成汉字，清瘦、饱满，或者残损，那是我一生健全的档案"。在梁平看来，不管残损还是健全，诗歌都是他最真实的私人档案。作为生活史或事件史，诗歌定当不会成为个人"一生健全的档案"，但作为一种精神生活史或心理轨迹的记录，诗歌留下了丰富多样的内在体验。而且，诗人相信，"我在纸上的一咏三叹，被自己珍藏，成为绝唱"（《一张纸上》）；他在另一首诗里说，"如虎，如豹"，"我的文字，和我一样桀骜，积攒了一生的气血，咄咄逼人"（《十字路口》）。梁平对自己文字的想象亦是如此相反，"一咏三叹"似乎依然是"咄咄逼人"的反语。

作为个人传记书写的诗歌或许最终不过是一种修辞与"想象"，对梁平来说，更是一种反语叙述的过程，"越是虚无缥缈越具体。我自己姓甚名谁已经迷糊，想象过于奢侈，场景似是而非"（《想象》），但无疑的是，其间也透露出无足轻重的真实信息，如《墓志铭》所记录："我的祖籍、出生地，我的姓氏、名字、阶段性的身高，我血脉里的嘉陵江和长江……"生活或许平淡无奇，而诸多矛盾冲突也转向了它的转义，"安逸、散漫、麻辣也柔和"，就像诗人的文字与性情，总在"茶"和"酒"之间，可以"赴汤蹈火"，亦能"温文尔雅"。正如我们所看到的从"私人档案"到"墓志铭"——

重庆,成都,生活的储存与流放,
我身在其中,健在。
我叫梁平,省略了履历,
同名同姓成千上万,只有你,
能够指认,而且万无一失。

2019年11月26日

耿占春,文学批评家。20世纪80年代以来主要从事诗学研究和文学批评,主要著作有《隐喻》《叙事虚构》《失去象征的世界》等。另有思想随笔和诗歌写作。现为大理大学教授,河南大学特聘教授。

目录 Contents

第1辑 点到为止

003　我被我自己掩盖
004　隔空
005　断片
006　舍与得
007　城市的深睡眠
009　盲点
010　我肉身里住着孙悟空
012　经常做重复的梦
013　在某个夜里突然失踪
014　欲望
015　取舍
016　我是我自己的反方向
017　如果要充当凶手
019　石头记
020　半夜敲门
021　过敏原
023　我是一个病句

024	有病
025	免疫力
026	投名状
027	花名册
028	流浪猫
029	盲
031	爆破音
032	半糖牛奶
033	深夜食堂
034	夜有所梦
036	恶作剧
037	喜欢厌倦
038	我对成语情有独钟
040	偷窥
041	2点05分的莫斯科
042	我的俄国名字叫阿列克谢
043	去阿姆斯特丹的飞机上
045	在巴黎听见一只乌鸦叫
047	从巴黎到梅斯
048	梅斯的"跳蚤"
049	在巴黎圣母院听见了敲钟
050	凯旋门的英雄主义稀释了
051	罗浮宫我没去见蒙娜丽莎
052	成都与巴黎的时差

053	巴黎有个蜀九香
054	巴黎的树才与雅珍
055	在贝尔格莱德的痛
056	布达佩斯
057	时间上的米沃什
059	一只简单的母鹿——致辛波斯卡
061	有些话可以不说
062	有些事可以不做
064	桂花问题
065	那天立秋
066	晚上七点
067	露天电影
069	与一只蚊子遭遇
070	一张纸上
071	想象
072	意外
073	自力更生
074	流言蜚语

第 2 辑　相安无事

- 077　说文解字：蜀
- 078　我的南方不是很南
- 079　深居简出
- 080　耳顺
- 081　卸下
- 082　在致民路
- 083　蛰居哲学
- 084　通宵达旦
- 085　秘密武器
- 086　沙发是我的另一张床
- 087　别处
- 088　相安无事
- 090　小年
- 091　戒烟记
- 092　反省
- 093　破局
- 095　从天府广场穿堂而过

096	春熙路上的孙中山
098	十字路口
099	八十五号
101	每个人都有一间老屋
102	屋檐下的陌生人
104	队长婆的麻花鸡
106	杀猪匠
108	白喜事
110	邻居娟娟
112	刑警姜红
115	富兴堂书庄
116	燕鲁公所
118	惜字宫
120	落虹桥
122	纱帽街
124	草的市
126	红照壁
129	棉花街
131	红卫兵墓
133	冬至这天我格外警惕
134	我不方便说羊
136	不经意
137	一片树叶在半空
138	一条蛇与我等身

139	宅
140	剪纸
141	心甘情愿
142	和父母亲过年
143	老爷子
145	私人档案
147	墓志铭

第3辑 天高地厚

151	衡山遇大岳法师
153	南岳邂逅一只蝴蝶
154	谒文昌宫
155	越西银匠
157	一首迟到的诗
158	在李庄
159	湖心岛
161	东湖的三角梅
163	在西双版纳
165	张谷英古镇
166	柳侯祠荔子碑前

167	谒李太白墓
169	惠山泥人屋
171	借一双眼睛给阿炳
172	进入我身体的海南
173	琼海那只鳌
175	椰子水
176	与杨莹信步玫瑰谷
177	在罗平做花的王
178	养蜂人
179	写首诗给花海里的山
180	邂逅一只高跟鞋
181	朱仙镇的菊
183	马背上的哈萨克少年
185	树化石秘籍
187	江布拉克的错觉
189	天鸽袭港
190	北京是一个遥远的地方
191	长春短秋
192	集体的崖口
193	民宿：禾田香野
194	趣味青青农场
195	邯郸的酒
196	学步桥雕塑
197	做梦的卢生

198	再上庐山
200	南京,南京
202	古滇国墓葬群
204	滇池与郑和
206	白马秘籍
208	海寿岛上
209	芙蓉洞
211	丰都
213	"我是我自己的反方向": 再论诗和梁平的诗 / 魏天无

第1辑 点到为止

我被我自己掩盖

我被一本书掩盖,
文字长出的藤蔓相互纠缠,
从头到尾都是死结,身体已经虚脱。

我被一个梦掩盖,
断片与连环铺开的情节清晰,
梅花落了,枝头的雪压哑了风的呼啸。

我被一句话掩盖,
舞台与世界的悬浮幻影,
喜鹊飞过头顶,窗台停靠一只乌鸦。

我被我自己掩盖,
草堂的荒草爬满额头,
碑林之间,只看见天空的背面。

2018.12.23

隔空

很南的南方,
与西南构成一个死角。
我不喜欢北方,所以北方的雨雪与雾霾,
胡同与四合庭院,冰糖葫芦,
与我没有关系,没有惦记。
而珠江的三角,每个角都是死角,
都有悄然出生入死的感动。
像蛰伏的海龟,在礁石的缝隙里与世隔绝,
深居简出。
我居然能够隔空看见这个死角,
与我的起承转合如此匹配,
水系饱满,草木欣荣。

2018.1.13

断片

我丢失过一样东西,
和我那年在重庆开过的吉普车,
有关联,但很确定丢失的不是物件。
丢了就丢了吧,
旧的不去,就没有新的。
这样自我安慰多少有点阿Q,
一只钢针扎进身体,
隐隐作痛。
吉普车是在酒后忘了停放的地点,
一周后被警察朋友开回来,
只是多了很多灰尘。
和车一起丢失的是什么呢?
那个夜晚的星星和月亮不喝酒,
却被一道闪电剪辑,断了片,
再也想不起来。

2019.10.3

舍与得

那时候厮守一颗星,
错过了蓝天白云。错过只是,
时间推迟了,而已。
蓝天的蓝不藏刀斧,蓝得透彻,
白云的白没有瑕疵,白得干净。
蓝天在上,白云在上,
遇见蓝天白云没有人不自惭形秽。
所有身外之物开始脱落,
虚荣、自恋、得失的计较,
都是头皮的屑。过去就是过得去,
转过身,又是一片芳草地。
很多事心照不宣就够了,
人生最大的学问就是舍得,
舍了的,可以得,可以不得。

2019.10.6

城市的深睡眠

睁眼闭眼之间,
在梦的边缘辨别这个城市。
府南河楚楚动人的样子,
九眼桥喝嗨了的样子,
夜幕挂满霓虹的样子。
睁眼的时候什么也看不见,
只有闭上眼睛,
才看见这些形形色色。

眼见为实越来越不可信,
看见一堆笑,
看不见笑里藏的刀。
十字路口目睹一只蚂蚁,
横穿斑马线,看见肇事的车辆,
看不见血。
我看见和我看不见的,
都不能指认。

这样的情形已经很久了,
让我自己给自己纠缠不清。

在城市进入深睡眠以后,
我的另一个我,游离,
我的灵魂出窍。
我就是埋伏的天狼星,
在天上看,看城市揭开面膜,
看赤裸裸的人。

2019.3.26

盲点

面对万紫千红,
找不到我的那款颜色。
身份很多,只留下一张身份证。
阅人无数,有瓜葛没瓜葛,
男人女人或者不男不女的人,
只能读一个脸谱。
我对自己的盲点不以为耻,
是非、曲直与黑白面前,
我行我素,不裁判。
我知道自己还藏有一颗子弹,
担心哪天子弹出膛,伤及无辜。
所以我对盲点精心呵护,
眼不见为净,清洁自己。
我把盲点绣成一朵花,人见人爱,
让世间所有的子弹生锈,
成为哑子。

2019.2.4

我肉身里住着孙悟空

我的肉身里住着孙悟空,
迷迷糊糊我进入了自己身体,
从哪里进入不得而知,
但我是自上而下,有坠落感。
与孙大圣相遇的时候,
没看见妖精和妖怪。
五脏六腑犬牙交错,
无休止的博弈和厮杀,
并不影响我面对世界的表情,
真诚、温和而慈祥。
我清点身体内部历经的劫数,
向每一处伤痛致敬。

我和悟空相见恨晚,
一个眼神可以托付终生。
从胸腔到腹腔相伴而行,
胆囊的结石在火眼金睛照耀下,
正在生成舍利子。
悟空说,妥妥的,
比我师父的肉肉更金贵。

肠道里巡游十万八千里以后,
分不清我和悟空,究竟谁是谁?
看见自己手执金箍棒,
站在身体之外,一路昂扬。
天地之间有祥云驾到,
额头上的时间,年月日不详。

2018.9.4

经常做重复的梦

我有一个梦,
在不确定的时间里,
重复出现。
我记不住它出现的次数,
记得住情节、场景和结局。
这个梦是一次杀戮,
涉及掩盖、追踪、反追踪,
和亡命天涯。
我对此耿耿于怀,
这与我日常的慈祥相悖,
与我周边的云淡风轻,
构成两个世界。
我怀疑梦里的另一个我,
才是真实的我。
我与刀光剑影斗智斗勇,
都有柳暗花明的胜算,
甄别、斡旋、侦察和反侦察,
从来没有失控。
而我只是在梦醒之后,
发现梦里那些相同的布局,
完全是子虚乌有。

2019.2.13

在某个夜里突然失踪

然后,夜里多了很多追灯,
从不同的方向追踪我。
在追灯与追灯的缝隙间,
有一张红木八仙桌、一壶酒,
空置七个座位、七个酒杯,
想象七个人陆续到来。
我看不见他们的五官,
他们说自己的方言,
而且自言自语,滔滔不绝。
我发现他们看不见我,
根本不知道是我摆放的酒席。
此刻有一束光打在桌上,
像一把利刃划过,
几只被切割的手有点惨白,
酒杯稳稳当当没有泼洒。
我的酒杯,和我又一次失踪,
夜还在继续走向纵深,
再也不会有人与我萍水相逢。

2019.3.26

欲望

我的欲望一天天减少,
像电影某个生猛镜头的淡出,
舒缓,渐渐远去。

曾经有过的忌恨、委屈和伤痛,
一点一点从身体剥离,不再惦记,
醒悟之后,行走身轻如燕。

我是在熬过许多暗夜之后,
读懂了时间。星星、睡莲、夜来香,
它们还在幻觉里争风吃醋。

天亮得比以前早了,窗外的鸟,
它们的歌唱总是那么干净,
我和它们一样有了银铃般的笑声。

我的七情六欲已经清空为零,
但不是行尸走肉,过眼的云烟,
一一辨认,点到为止。

2019.4.1

取舍

把帽子扔了,
把头上的光环扔了,
一颗没有附加清清爽爽的脑袋,
五官端正,脸面有了辨析度。
西装、中装打包收拣,
衣着越来越随便,休闲。
身心放松的轻,像一片羽毛,
越是自由飞翔,越懂得爱惜。
帽子是不会爱惜你的,
光环是不会爱惜你的,
放弃这些才能活出人的模样。
所思、所想不再左顾右盼,
吃咸、吃淡不看别人的菜单。
把每天都过成节日,
为自己的好心情加冕。
唐僧的紧箍咒里悟空天马行空,
何况我是活生生的人。
那天我走过红星路的斑马线,
交通岗红绿灯已经失灵,
秩序还是那么井然。

2019.6.15

我是我自己的反方向

我是我自己的反方向,
所以面对你就是一个问题。
你的名字和根底,你的小道具,
比熟悉的我自己,更明了。
你是不是你不重要,
你在和不在也不重要。
镜子面前我看不见自己,
别人的眼睛里我看不见自己,
我是我自己的错觉。
跟自己一天比一天多了隔阂,
跟自己一次又一次发生冲突。
我需要从另一个方向,
找回自己,比如不省人事的酒醉,
比如伸手不见五指的暗夜。
只有自己跟自己过不去,
才不会有事无事责怪别人,
所谓胸怀,就是放得下鲜花,
拿得起满世界的荆棘。

2019.6.22

如果要充当凶手

餐桌即舞台,形形色色,
从海里打捞的大牌分不出主次。
鲍鱼、生蚝、刀鱼、海胆,悉数登场,
虾蟹不在演员表上。
我正襟危坐,心生惊悸,
只好躲在杯盏的后面,
灌醉自己。我的表演比专业更专业,
始终举不起一双竹筷。
好想把筷子扔进海里长出海藻,
海里多一尺屏障,
桌上少几个演员。
我知道那些大牌都是狠角色,
身后的海不会视而不见,
总有一天兴风作浪。
记起释道海师父对我说,
忘其耳目。这对于我实在太难,
我正在参与一次集体杀戮,
听见海的哭,由远而近。
如果生物链上必须要我充当凶手,
我也不会选择海,宁愿

投身于海成为长出刀刺的礁石,
网来网破,船不能肆无忌惮。
海洋里的生命自由、鲜活,
海上风平浪静,蔚蓝,一直蔚蓝。

2018.9.5

石头记

裸露是很美好的词,
不能亵渎。只有心不藏污,
才能至死不渝地坦荡。
我喜欢石头,包括它的裂缝,
那些不流血的伤口。
石头无论在陆地还是海洋,
无论被抬举还是被抛弃,
都在用身体抵抗强加给它的表情,
即使伤痕累累。
我的前世就是一块石头,
让我今生还债。风雨、雷电,
不过是舒筋活血。
我不用面具,不会变脸,
所有身外之物生无可恋。
应该是已经习惯了被踩踏,
明明白白的垫底。
如果这样都有人被绊了脚,
那得找找自己的原因,
我一直在原地,赤裸裸。

2019.5.23

半夜敲门

半夜敲门的声音有点惊悚,
半夜有人敲门,比半夜接听电话,
更应该不能迟疑,把门打开,
分担别人的紧急。
这世界没有鬼,鬼都是自己作祟,
不敢在半夜为敲门声开门,
就不配与人为邻。
我隔壁住的是一个警察,
他家的门时常在半夜敲打,
我被敲醒之后,没见他开过门。
失落的脚步声比敲门声,
更长久地保留在过道。
他的名字在半夜被喊的次数多了,
已经被狠狠地刻在门槛上。
我们之间没有任何交往,
低头抬头形同陌路。我不想搭理,
不想在过道上与他遭遇。
我给当警察的儿子说过这事,
儿子说名字熟悉,但不认识。

2019.6.15

过敏原

半夜皮肤过敏,
眼睛睁不开,在痒处抓挠,
越抓越痒,由点及面,平滑的手臂上,
触摸到密密麻麻的碉堡。
想起昨晚睡前看的战争片,
那些失守的阵地,弹坑、掩体,
以及横陈的凌乱。

我被迫翻身下床,
极力保持情绪的稳定。
常备药箱里找出醋酸地塞米松,
涂抹左臂,找出地奈德乳膏,
涂抹右臂,我无法确定自己的过敏原,
翻箱倒柜把所有可以抵抗的家当,
全部用上。痒,继续痒。

有点生不如死了,窗外的黑,
制造了满世界的沦陷。
皮肤上的战事蔓延至胸腔,
我在沙发上看见了路易斯·辛普森,

看见他的胃,正在"消化橡皮、
煤、铀、月亮和诗",
我羞愧于我的自爱自怜。

我忘了夜幕放大的恐惧,
在镜子前端正衣冠。
大义凛然地出门、下楼、发动汽车,
从致民路安顺桥横渡府南河,
我不是去医院,而是漫无目的,
想随机遇见我的过敏原,
一个红灯,或者一颗子弹。

2019.6.29

我是一个病句

从什么时候开始,
我说话没有了语法逻辑,
颠三倒四不再顺理成章。
我是一个病句,
不再给自己搭配主谓宾,
不再人云亦云。
断句那些行云流水,
礁石露出水面;
休止那些浓妆艳抹,
素颜行走江湖。
我的病句抑扬顿挫,
从地铁一号线的入口,
到四号线的出口,
随意嫁接语种恩爱有加。
其实,我的病句并不传染,
如此而已,我确信,
我们同病相怜。

2019.3.26

有病

我对前方一无所知,
汽车点火以后,脚一直在刹车上。
前方在哪里,行人、自行车,
都在前方。我可以肯定,
我和他们没有关系。
后视镜看见有车灯在快闪,
有呼吸急促的鸣笛,
显然是冲我而来。
被逼起步,被裹挟奔向前方,
一座城市向我砸来,
找不到出口。我身不由己,
前进的方向不明不白,
让我心生恐惧。我不能停下来,
手上的方向盘只是摆设,
我也是一个摆设。
问题在于这绝不是某个偶然,
而是我的常态。

2019.4.7

免疫力

感冒不期而遇，
喉咙发痒、咳嗽，一把鼻涕眼泪，
见不得人，把自己隔离。
病毒环游我的身体，
所到之处：软，软，软，
梦无颜色，羞愧难当。
我的医生朋友说我自作自受，
说免疫力下降，无药能敌。
免疫力被敏感偷走了，
免疫力被迟钝偷走了，
免疫力被无辜偷走了，
免疫力被牵挂偷走了，
免疫力被心乱如麻的长夜偷走了，
病毒乘虚而入，身体溃不成军。
而已，只能自己下处方——
最好的药是找回睡眠，
净心、净身、净念，
睡个糊涂觉，诸事视而不见，
不闻不问不明不白，
一觉醒来，还是丽日清风。

2018.1.14

投名状

水泊梁山的好汉,
再也不可能成群结队了,
招摇过市与归隐山林都不可能。
四十年前读过的水浒,
杀人越货的投名状越来越不真实,
轻若鸿毛。
而我,所有的看家本领,
只能在纸上行走,相似之处,
与水泊梁山殊途同归。
那天接了个熟悉的电话,
说江湖有人耿耿于怀,
有人指名道姓。
我不相信还有江湖,有团伙,
即使有也绝不加入。
老夫拿不出投名状,
离间、中伤、告密、制造绯闻,
诸如此类的小儿科,
不如相逢狭路,见血封喉。
所以,一笑而过的好,
他走他的下水道,
我写我的陋室铭。

2017.11.17

花名册

进入生命里的花名册,
构成你生命的全部。
比如家族基因的大树,盘根错节,
枝繁叶茂。而这些之外,
东西南北的张三李四王五,
上下左右的赵八钱七孙六,
都是人世间来回一趟,
从始而终。起眼每一个站台,
熙熙攘攘,勾肩搭背,擦枪走火,
如同家常便饭。
至于眼睛里夹沙子,
鸡蛋里挑骨头的强人所难,
就当是最轻松的游戏。
所有邂逅与相识进入花名册,
所有朋友与对手进入花名册,
时间堆积,如同著作等身。
珍惜你的花名册,就是珍惜自己,
别在生命的呕心沥血里,
假设敌意与对抗,平心静气。

2018.1.16

流浪猫

它的身世可疑。
它的形迹可疑。
它流浪,在暗处与鼠类勾肩,
行走阴湿的下水道。
我对它的怜悯最初是一条鱼,
鱼刺被它当成剑,起舞于月黑风高。
我继续在它出没的角落布施,
牛奶、猫粮、无刺的虾米,
希望它立地成佛。
我不能与它对话,可以宽恕,
我看见过石头流出眼泪。
没有家的滋味我也曾经有过,
背井离乡,或者,
上不沾天下不着地,
但流浪不是成为流氓的理由。
街边、野外、灌木丛物种复杂,
从生到死留下好名声,
无计其数。比如那只流浪狗,
轻脚轻爪,从不伤人。

2018.8.7

盲

府南河的白鹭，
越来越多，总是在早晨，
在河岸远近高低的树枝上与我照面。
先是三五只，然后成群，
那纯净的白，过目不忘的白，
我羞于正视。

树上没见过它们栖身的巢，
从来不知道它们回家的路。
我经常顺着沿河的岸边寻找，
不放过每一处草丛，
也只能无功而返。

遇见过蛇，遇见过鼠，
遇见过失散多年傻傻的萨摩耶，
唯一找不到白鹭的落脚之处。
我不敢相信它们是白鹭的近邻，
在水与岸的缝隙筑巢，疏远人迹。

听说过蛇鼠一窝，

但蛇鼠怕我,都是仓皇逃窜。
萨摩耶流浪多年居无定所,
而白鹭集百宠于一身,赞美词,
没有一句可以兑换安全感。

白鹭娇贵得有点高冷,
我见过一只因为涨水流离失所的
白鹭。在岸边一户人家的门前,
黑夜遮挡不住的白,
太耀眼,从此落下病根。

2019.5.18

爆破音

在书房听窗外的鸟鸣,
缠满绷带的时间婉转地流走,
轻缓、曼妙得像赝品。
浸淫久了,小夜曲每个节拍,
都在凌迟我的身体。
看见太多不想看见的,
听到太多不想听到的,
说不出话来,嗓子有异物阻碍。
我的血液和呼吸在胸腔里,
集结成气流,攀援而上,
我在气流的上升中收腹挺胸,
眼睛平视前面的方向,
整个世界剩下翻书的动静。
此时此刻,只需要把嘴打开,
气流喷薄而出,发出爆破的声音,
闪电把一把手术刀挂在天上,
我的爆破音,排山倒海。

2019.7.21

半糖牛奶

一杯牛奶,加半糖,
半糖有一种弹性,
依赖、适可,想入非非,
这是很重要的尺度。
我用一个花甲的味觉,
调试了这个口感,
可以放之四海而皆准。
比如人生这个大词其实很小,
与品格、性情毫无关系,
仅仅是深一脚、浅一脚,
最后走成自己的路。
所有的鸿鹄之志都显得可疑,
有点像满满加糖的牛奶,
失去了弹性的自信,
自以为是。让人看了就腻,
反胃,甚至痉挛。
我拒绝满糖和不加糖,
对半糖情有独钟。
半是状态,半是把握,
半是清晰与含混之间的自留地,
深浅自己拿捏,游刃有余。

2018.8.21

深夜食堂

从安倍夜郎漫画里出来的食堂,
在霓虹的暗处,背街小巷,
烹饪爱恨情仇和喜怒哀乐的真相。
猫饭、茶泡饭、红色香肠、酱油炒面,
松冈锭司,山下敦弘,及川拓郎,登坂琢磨,小林圣太
  郎,
这些眼花缭乱的名字,
就是人间烟火。
我有点居心不良,一直追剧,
企图甄别食堂里的成分与阶级。
结果,所有的装模作样,
在朴素面前不堪一击。
终于明白了那些面膜和画皮,
走不进深夜的食堂,
夜的手伸过来,近乎于残忍,
——剥离。

2018.8.29

夜有所梦

夜有所梦。
都说春梦里的对象很陌生,
对此我将信将疑,但很多人认同。
我的梦不在春天,没有斑斓,
夏、秋、冬里也没有春。
我梦里都是神出鬼没,
那天神对我说,
赐你万能的权力,诅咒你敌人。
我在手机上翻检所有的名录,
都笑容可掬,没有。
鬼又过来,拿一帖索命符,
去把你身边的小人带来。
我省略了学生时代,从职场过滤,
也找不到可以送帖的人。
世界很大分不清子丑寅卯,
习惯忽冷忽热的面具,
看淡渐行渐远的背影。
与人过招是前世修来的缘分,
轻易指认敌人和小人,
自己就小了。

如果有一天我不幸光荣受伤，
也要让我的血稀释成泪，
以泪洗面，比血水更干净。

2018.8.30

恶作剧

我在大前门设过局,
小心思地助纣。
北京的士拉我兜圈子,
三百米路程,花了四十几块钱,
卸下我,在建国饭店。
司机满心欢喜地走了,
我也满心欢喜,成功助长了一次宰客,
他会一整天都沉浸在快乐之中。
等我的那人还在路上,
时间差让我们互换位置,我等。
我在大厅沙发上发挥想象,
那人又上了刚才的的士,
司机重蹈我的覆辙,
出现在我的面前。
我上前义无反顾慷慨解囊,
再给他一个满心欢喜。
并且告诉他,用我清醒的余额,
买你余生的羞愧。

2018.6.12

喜欢厌倦

厌倦时刻分明一日三餐。
厌倦早出晚归两点一线。
厌倦书桌前半真半假的抒情。
厌倦阳台上一丝不苟的色彩。
厌倦甜言蜜语。
厌倦风花雪月。
厌倦瓜熟蒂落。
厌倦水到渠成。
厌倦阴影虚设的清凉。
厌倦落叶铺满的哀叹。
厌倦口蜜腹剑勾心斗角。
厌倦虚情假意心照不宣。
我喜欢厌倦，
循规蹈矩顺理成章按部就班，
让我迟钝、萎靡、不堪，
形同行尸走肉。
厌倦，厌倦，厌倦流连忘返，
把过去的每一寸光阴，
清空。留一块伤疤，
独自刀耕火种，日月可鉴。

2018.9.2

我对成语情有独钟

我身边很多朋友,
一直反对在诗里面用成语。
我不明白这是不是说,
成语是先人创造的,
诗歌的语言不能拾人牙慧,(对不起,来了)
应该唯我独尊。(又来了)
汉字也是先人创造的,
写诗是不是可以不用汉字,
用鸟语,或者飞禽走兽说的小语种。(又来了)
我从来不认为钟情于成语,
就老态龙钟,就迂腐。(又来了)
先人的智慧是因为有先人在先,
然后自己做先人,
然后被别的先人替代。
我不想做先人,先人是板板,
在这个世界属于稀有物种。
我的诗歌只讲究说人话,
包括先人留下的成语,
可以以一当十,包罗万象。(又来了)
只是我在使用它的时候,

会把它嫁接在别的枝丫上，
节外生枝，死不悔改。（又来了，对不起）

2019.5.26

偷窥

我在涅瓦河的白夜,
从一只大瓶黑啤的玻璃后面,
找那支萨克斯。
看见摇晃的音符溅起泡沫,
溢出她的嘴角。
她在我眼睛里发现了这个细节,
指头不动声色地一抹,
然后满桌子寻找,
没有可以擦拭的餐巾纸,
神情有点尴尬。
我对这个片刻的延时于心不忍,
把目光漫无目的地移开,
回过头来,音乐继续流淌,
她已恢复了镇静。

2017.10.12

2点05分的莫斯科

生物钟长出触须，
爬满身体每一个关节，
我在床上折叠成九十度，
恍惚了。抓不住的梦，
从丽笙酒店八层楼上跌落，
与被我驱逐的夜，
在街头踉跄。
慢性子的莫斯科，
从来不捡拾失落。
我在此刻向北京时间致敬，
这个点，在成都太古里南方向，
第四十层楼有俯冲，
没有起承转合。
这不是时间的差错，
莫斯科已经迁徙到郊外，
冬妮娅、娜塔莎都隐姓埋名，
黑夜的白，无人能懂。
一个酒醉的俄罗斯男人，
从隔壁酒吧出来，
找不到回家的路。

2016.9.23

我的俄国名字叫阿列克谢

有七杆子打不着,
第八杆讲究中文翻译的相似,
我就叫阿列克谢了。
我不能识别它的相似之处,
不明白我为什么不可以斯基,
不可以瓦西里,
不可以夫。
唯一相似的是我们认同,
俄罗斯的烤肠好吃。
斯基还喜欢面包,
瓦西里还喜欢奶油,
夫还喜欢沙拉。
我在莫斯科的胃口,
仅限于对付,有肉就行,
也不去非分成都香辣的街头,
眼花缭乱的美味。
所以我很快融入了他们,
还叫我廖沙、阿廖沙,
那是我的小名。

2016.9.20

去阿姆斯特丹的飞机上

从北京到阿姆斯特丹,
起飞与落地的滑行,
在一部电影的半梦半醒之间。
马丁·麦克唐纳的三个广告牌,
让我不停地转换角色,
走不出舱门。
警察迪克森脸颊的伤疤,
警长威洛比自杀留下的信,
追凶母亲米尔德里德点燃的那把火,
更像是我自己身负重伤。
我在故事里固执地寻找,
那疤、那信、那把火之后,
有一双深藏愧疚、躲闪的眼睛。
我因此而失语、失重,
被伤害被误解没有人可以幸免,
越接近真相,越是发冷。
此刻的阿姆斯特丹看着我,
我看着窗外已经醒来的风车和郁金香,
满怀感激。从天空到地面,
一次未曾设计的沉重地飞翔,

有了惊心动魄的抚慰。
即使季节模糊，遍地落英，
走出来，身边飞过一只燕子。

2018.3.27

在巴黎听见一只乌鸦叫

不确定是不是乌鸦,
看不见身影,只是声音清脆,
撕裂了巴黎的早晨。
我保持习惯,在阳台上深呼吸,
在所有的过往里吐故纳新。
共和国广场的自由女神,
站得太久,有些倦了,
头顶的橄榄不见枯萎,
也没有绽放鲜绿。
昨夜聚集在广场上的呐喊,
涉及航空与铁路、公交与出租,
像是集结的一群乌鸦。
我听不懂他们的呼号,他们的歌,
只有铿锵有力的节奏,
与三号线的百年地铁合拍,
残留在我的梦里。
一觉起来,广场空空荡荡,
地铁口开始吞吐莲花,
端庄与轻佻,朴素与艳丽,
怎么也看不出浪漫。

而我，听见了乌鸦在叫，
似是而非。

2018.3.28

从巴黎到梅斯

从巴黎到梅斯,
高铁两小时,一个片刻。
我在车站外掏烟,一只手伸过来,
我熟悉这个动作,再掏出一支递上,
那人另一只手迅即掏出打火机,
给自己点燃。
我好奇他没有行李,
应该是等一趟列车进站,
等我这样一个出站掏烟的家伙,
如愿以偿。我很愿意在异国,
以这样的方式学一次雷锋,
简单地助人为乐。
就像烟盒标注的汉字:宽窄。
在人家的窄处给人以宽,
不留姓名,不需要人家说感谢,
学雷锋同志记日记。
只不过我记在诗里,在法国,
我做的好事不能如烟,
随风飘去。

2018.4.7

梅斯的"跳蚤"

修女们看不见了,
我好失落。修道院空置多年,
零星画展、书展,比雨雪更清冷。
礼拜天的礼拜变了模样,
烟火人间里,市民捉放"跳蚤"——
旧衣服、旧首饰、旧物件,
一切的旧,自由交易。
中世纪以物换物的还原,
欧元、法郎的讨价还价,
车夫与阔少计较半截手杖,
太太与女佣争执一个披肩。
卸装的云腾出了天空,
摘下面具的各色人等鱼贯而入,
都是快乐的"跳蚤"。
我没有看见穿制服的城管,
没有鸡飞狗跳。
一个金发女孩怀抱芭比娃娃,
走过来,红皮鞋被踩踏的印痕,
像一朵鲜艳的花开。
此刻,有清凉的风席地而起,
吹走了我的失落。

2018.4.7

在巴黎圣母院听见了敲钟

不得不去巴黎圣母院,
密集的人群与鸽子填满了广场,
我在其中。我确信自己,
与神无关,与信仰无关,心跳加速。
缓缓移动的队列,让我
一点点接近青春期重复的梦,
惊艳、野性、美好、善良,
那个深刻于心的暗恋。
恍惚之中,吉卜赛少女爱斯梅拉达,
在人堆里时隐时现,我久仰的神,
把我带入了教堂。长椅上,
我和那些虔诚的祷告者正襟危坐,
我想的不是他们所想,
我的澎湃自己懂。
烛光辉煌,照亮我的正前方,
一个佝偻的老人步履蹒跚,
惊出我一身冷汗,仔细一看,
并不是卡西莫多。
教堂的钟声从天而降,
每一记敲打,都沉重如雷。

2018.4.15

凯旋门的英雄主义稀释了

香榭丽舍大街漫长的上坡,
截止在戴高乐广场的凯旋门前,
这里逗留的每一朵云,都是过客。
法兰西的战事烟消云散,
曾经凯旋的骄傲越来越模糊,
模糊成门前那些形形色色的摆拍,
轻易地把别人拉进我镜头,
我同样很轻易地被别的镜头掳走。
凯旋门的英雄主义稀释了,
英雄怀抱的人间烟火,在巴黎
闲适和优雅、诗意与浪漫,
就像我的成都,所有生活都是美学。
咖啡店的咖啡很浓,
酒吧里的酒很淡,
法国香水熏香的巴黎的风,
从凯旋门十二个方向扬长而去,
有一个指向清晰可见,
我的成都,太古里,九眼桥。

2018.4.18

罗浮宫我没去见蒙娜丽莎

我在罗浮宫广场转了一圈,
知道蒙娜丽莎在里面。
她的微笑早已翻越高墙周游世界,
留在这里是一朵,
不能开花结果的叹息。
好多人排队在等候她的接见,
我与她擦肩而过,走得义无反顾。
我在这里看她,
和在成都看到的她没有区别。
近在咫尺,丢失的是想象,
没有了想象的蒙娜丽莎,
最终的结局,在罗浮宫无疾而终。
我没有去见她,不遗憾,
我珍惜她笑不露齿藏匿的神秘,
给自己签发一张特赦令,
无罪逃匿。

2018.4.18

成都与巴黎的时差

七个小时颠倒黑白,
巴黎的夜,我在阳台数星星,
数满了三位数开始错乱。
那些似是而非的星星,
形迹可疑,北斗不是北斗,
天狼不是天狼。
只有织女素颜姣好,
与牛郎一起从地铁口出来,
扶摇直上。我鬼使神差,
一直尾随其后,行为有些诡异。
也不知是银河的哪个入口,
我与织女打了照面,
优雅,彬彬有礼。
转身往下一看,艳阳成都,
灿烂得坦坦荡荡。
府南河与银河一个身段,
波光粼粼,也是繁星闪烁。
我看见另一个我,在河边,
与杜甫老先生把盏,醉眼迷离,
红,湿了锦官城。

2018.4.19

巴黎有个蜀九香

巴黎的蜀九香,
与成都蜀九香没有血缘和裙带,
在圣丹尼斯168街很火,很成都。
我蘸碟里任性的小米辣,
暴露了自己的出产地。老板亲历亲为,
毛肚、鹅肠、肥肠、血旺、五花肉悉数伺候,
那叫一个安逸。
老板知道成都蜀九香,
但不知道有个法国总统去过,
我说这也是一道招牌菜,可以招摇。
老板大喜过望,连声说感谢,
我确定他会采纳这道菜,也确定
不会打折我的大快朵颐,
真的没有。

2018.4.13

巴黎的树才与雅珍

在巴黎街头行走,
像在成都的太古里、宽窄巷,
中国味、川味、春熙路上的妖娆,
应有尽有。陌生的巴黎,
树才与雅珍相伴左右,
爱意泛滥。
我在他们眼神对接的单杠上,
自由翻滚,荡漾,
每一地落脚都有完美的造型。
树才身兼数职,诗人、翻译、秘书,
重要的是兄弟。雅珍的雅,
与树才的雅如此匹配,
活生生把我一个粗人改变。
一杯半糖咖啡搅万般滋味,
一勺冰激凌消受半个时辰,
一只芒果切分二十六块,
一梦睡出九个章节。
在巴黎,我耿耿于怀的是,
回到成都,树才和雅珍在哪里?

2018.3.28

在贝尔格莱德的痛

南斯拉夫没了,
中国大使馆的旧址拆了,
建筑工地一角,一块大理石,
正在被黑色幽默。
一段碑铭,两个年轻人的名字,
比生命站得更凄冷。
天下着细雨,
几束枯萎的野花挂满泪珠,
惨淡的黄,格外刺眼。
没有遮挡的大理石不说话,
没人驻足,没人多看它一眼。
贝尔格莱德面无表情,
比鱼的记忆更短暂。
我蹲下身去,听那年的炮火,
跨洋飞落地下室的精准。
我从我的祖国远渡而来,
在这里看不见多瑙河的蔚蓝,
只能小心翼翼地擦拭,
碑铭上的泥泞、凌乱的枝叶,
害怕我翻江倒海的伤感,
触碰到它的痛。

2018.8.3

布达佩斯

多瑙河从布达佩斯穿城而过,
左边上岸的布达,与右边上岸的佩斯,
都记得裴多菲的炽热。
城堡上的落日涂满天边的口红,
迷幻而性感。
此刻,很适宜斟满酒杯,
在河边偶遇那只静卧的小船,
那是生命之外,爱情和自由的暗示,
被我一饮而尽。
蓝色的记忆浮出水面,
然后升腾、汹涌,直至把我淹没。
不需要找其他任何理由,
这是一个很容易就爱上的城市,
在漫不经心里,束手就擒。

2018.8.4

时间上的米沃什

与时间纠缠一生,
在最后的时间里,轰然倒下。
蓝色的波罗的海在号啕,波及
所有的水面和陆地。
为时间唱挽歌的波兰老人,
被时间掩埋在克拉科夫家中,
时间为他而凝固。
那些用波兰语写成的诗歌,
繁衍成其他民族的语言,
覆盖了世界。
这是波兰的一个神话,
可以用时间制造画面和记忆,
并赋予它庞杂寓意的神话。
制造这个神话的大脑,是一片海,
无数种类在海里相互撕咬,
相互激活,排列出井然的秩序。
像这个人复杂、有序的身份,
阔少、制作人、外交官
诗人、教授、流亡者……
时间在他的笔记里,

惶恐、困惑、悲伤和虚无,
每一个时刻都有斧凿的痕迹。
绝望中昂首法西斯的屠刀,
以鲜血分行救赎历史。
敏锐、毫不妥协地承担,
撕开人类剧烈冲突中的赤裸,
在时间之上。

2019.10.20

一只简单的母鹿
——致辛波斯卡

一只母鹿，奔跑在文字丛林，
以最简单的方式，适当的距离，
安静地观察这个世界。

在她的轻言细语里，
云朵变得沉重，流水不再轻盈，
让我们看见彼此丑陋的胎记，
我们这些称作人的动物，
有了心底的疼痛。

一只异常敏感的母鹿，
细微的响动逃不过她的追踪。
分开林子的词，看见盛开的花，
让子弹"停留在半途"，和冲突对话，
在自己的伤口上撒盐。

没有离开过丛林的母鹿，
郊外是她永远的世界。
所有问题都可以入诗，

简单与复杂,距离与亲近,
最好的胶着就是游离。

她至今没来过中国,
一部向左、向右的青春电影,
与我们"一见钟情",心心相印。

2019.10.19

有些话可以不说

一个人从娘胎里出来,
说话以后,都在说别人的话,
说着说着就没有意思了。
总在想语出惊人,
总想一语中的。
有些话说了,收不回去,
比冰雪冷,比刀更锋利,
天空就暗下来。
看不见荷塘的月色,
湖面的星星,看不见雨打芭蕉。
尤其是憋了很久的话,
就让它憋着,憋不死人。
有些话可以不说,
时间久了,话就化了。

2019.9.16

有些事可以不做

很多人都做过的事，
可以不做。比如告密，盯梢。
地上一片落叶的动静，
夜半一句梦话的甄别，
一个似是而非的背影进了小巷，
与你无关，不能好奇。
一个人好奇心多了，
扭曲的是自己。

做自己该做的事，
不要整天去惦记别人。
有一种任务叫特别任务，
简称特务。接受这种任务的人，
好的坏的都有，有组织，有纪律，
重要的是，发过誓，赌过咒。
你没有赌咒发誓，
就好好过老百姓的生活，
种点草，栽点花。

草绿成一片很温馨，

花开成海很浪漫。
旧式建筑设计得勾心斗角,
不好做清洁,藏污纳垢,
不如无缝对接的好。
所有做的事,人在做,天在看,
不能侥幸可以遮人耳目。
有些事可以不做,
问心无愧,觉睡得安稳。

2019.9.19

桂花问题

我的桂花长满新鲜的叶子,
在窗台,隔一层玻璃,种种暗示。

枝条纠缠一个问题,叶子疯长一个问题,
季节来得适时,我的桂花最解人意。

偶尔有风,吹落以前诵过的唐诗,
双音节叠在半空,等待温柔的手伸来。

合十为巢,为我的梦想制造眠床。
落下也无憾了,死于你掌心肯定优美。

有某种亲近,在这个季节里美好泛滥,
在我与桂花之间,达成默契。

其他一切都多余了,窗玻璃破碎,
有意无意消除了隔阂,清香楚楚动人。

2018.1.12

那天立秋

咫尺和天涯,
只有一杯酒的距离。
你和酒在一起,我从酒局出逃,
在南河苑阳台上独饮霓虹。
外面的花天酒地与我们无关,
你的酒和我的霓虹正在化学反应,
不着一字的千言万语,
卷起千堆雪。
立秋的雪谁也看不见,
隐秘的疼痛,没有蛛丝马迹。
与醉相拥,夜半孤独醒来,
坐守一颗寒星。
昨夜我应该是你的酒,
一杯一杯点燃,上天入地,
留一阕词美轮美奂——如梦令。

2019.8.8

晚上七点

晚上七点,夜还没有来,
南河苑爬上五楼的树枝,
在书房的玻璃窗外,向我致意。
这是由来已久的仪式,
我打开窗,伸手与它的叶片相握,
能够感知季节的变化,
如果是雨后,还知道它的心事。
我的书房是我的江山,
列阵的书脊和密集的葱茏,
浩荡千军万马。
我在,我不在,它们都在,
时间准点不准点,它们都在。
晚上七点,包含了其他时刻,
无论我在哪里,时间凝固,
所有的时针停留在此刻。

2019.7.18

露天电影

这是一个年代记忆。电影院,
奢侈得有点望而却步,一张电影票,
可以骄傲地牵一个女孩的手,
出来就是你的人了。

城市篮球场,乡村的晒坝,
标配一块大白布和高音喇叭,
如果有星星和月亮,真是浪漫。
地道战、地雷战、南征北战,
百看不厌,遇上激动人心的时候,
满场集体吼一句台词。

露天的电影小孩总是无辜,
站着被呵斥,坐着看大人的后脑勺,
更多时候只有蹲在银幕的后面,
把自己看成左撇子了。
左手夹菜左手打枪左手抽耳光,
长大以后才知道行左实右。

我看过的露天电影记住的名字,

南霸天、座山雕、八姑、古兰丹姆，
男的都恶贯满盈，女的也坏，
但是漂亮得让人不能忘记。

2019.9.23

与一只蚊子遭遇

迷糊之中,
轰炸机在耳边飞翔,睁不开眼,
顺手一巴掌落在脑门,
有撞机的感觉,有血腥,
懒得起来寻找尸体。
才想起已入冬,不明白这季节,
也有那厮黑灯瞎火里的侵犯,
就像祥林嫂不明白冬天也会有狼。
终究是睡不着了,
满屋子残留嗡嗡的声音,
把我带回了1938年的重庆,
磁器口防空洞,伸手不见五指。
我之前写过的一首诗,
成为祭文。

2017.11.12

一张纸上

我睡在一张纸上,
夜色调的墨不是黑。
睡在纸上留下的痕迹,
都拼接成汉字,清瘦、饱满,
或者残损,那是我一生健全的档案。
纸上复制的我,有锦江、峨眉,
峨眉山下那个酒店旳遗址。
我在纸上的一咏三叹,
被自己珍藏,
成为绝唱。

2018.12.22

想象

想某个时间、空间,
具体到一碗面、一个煎蛋,
在缤舍看对面的肖邦,音乐流淌。
一个字与另一个字组合,
极其,不是虚的,实实在在,
越是虚无缥缈越具体。
我自己姓甚名谁已经迷糊,
想象过于奢侈,
场景似是而非。

2019.4.15

意外

很多意外猝不及防,
生活里好端端的瓶瓶罐罐,
七零八落。一片破碎的玻璃,
在滴血,我检查了全身没有出血点,
这使我更加惶恐不安。屋子里,
除了我可以流血,植物、花草都安然无恙,
我知道伤在哪里了,不能说。

2019.5.27

自力更生

什么事情都自己做,
谁也不欠谁。书房里的花,
没读过书不知道黄金屋、颜如玉,
自己开得尚好。
南泥湾是个好地方,种南瓜、种小米,
种信天游、种好心情。我在梦里的南泥湾,
种过我自己,山一样挺拔,
生猛、粗糙,都是斧凿痕迹,
找不到一树梨花可以带雨。
我把自力更生修炼成独家秘籍,
成为我的养生之道。
我的所作所为自己动手,
拒绝怜悯、逢迎和嗟来之食,
拒绝身不由己。

2019.4.21

流言蜚语

一直在酝酿一份悼词,
写给闹腾的季节。
每个字在旧年的档案里翻检,
找不到春暖和花开。
倒春的寒,寒气逼人,
身体的关节封闭得太久,
发不出声响。
枝头的鸟开始叫了,
庭院的猫开始叫了,
而我听不懂它们的语种,
不能借用它们的词。
季节没来,一个人走了,
再也不会回来。
这个季节花开在病房,
鲜艳得很不真实。
一只麻雀在窗外叽叽喳喳,
怎么听都是流言蜚语。

2019.3.22

第2辑 相安无事

说文解字：蜀

从殷商一大堆甲骨文里，
找到了"蜀"。
东汉的许慎说它是蚕，
一个奇怪的造形，额头上，
横放了加长的眼眶。
蚕，从虫，弯曲的身子，
在甲骨文的书写中，
与蛇、龙相似，
面面相觑，
让人想起出入山林的虎。
所以蜀不是雕虫，
与三星堆出土的文物里，
那些人面虎鼻造像，
长长的眼睛突出眼眶之外，
纵目的面具有关，
那是我家族的胎记。

2017.10.3

我的南方不是很南

我的南方不是很南,
没有椰林、芒果、槟榔,
没有奢侈的阳光、沙滩和海。
我的语言被归类北方方言,
我在北方说话不能任性,
只能普通,努力降格为普通。
我的丘陵与盆地,
也有了太多的白云蓝天,
一壶上好的竹叶青,
喝得神清气爽。
有了梦,梦见雪花飞舞,
一瓶过期的青花郎,
通透五脏六腑。
这种安逸真是妙不可言,
江山太大,只要落脚之地,
诱惑太多,只要心仪一滴。
我在不是很南的南方,
知己、知人、知冷暖,
向北,有草原毡房和烈酒,
向南,有海鸥贝壳和花期,
——不问西东。

2018.11.26

深居简出

骑马挎枪的年代已经过去,
天地之间只有山水。
拈一支草茎闲庭信步,
与邻居微笑,与纠结告别。
喝过的酒听过的表白都在挥发,
小心脏腾不出地方,
装不下太多太杂的储物。
小径通往府南河的活水,鱼虾嬉戏,
熟视无睹树上站立的那只白鹭。
那是一只读过唐诗的白鹭,
心生善意,含情脉脉。
后花园怀孕的猫,
哈欠之后,伸展四肢的瑜伽,
在阳光下美轮美奂。丑陋的斑鸠,
也在梳理闪闪发光的羽毛。
我早起沏好的竹叶青,
茶针慢慢打开,温润而平和。

2017.11.13

耳顺

上了这个年纪,
一夜之间,掩饰、躲闪、忌讳,
绕开年龄话题。我恰恰相反,
很早挂在嘴上的年事已高,
高调了十年,才有值得炫耀的老成。
耳顺,就是眼顺、心顺,
逢场不再作戏,马放南山,
刀枪入库,生旦净末丑卸了装,
过眼云烟心生怜悯。
耳顺能够接纳各种声音,
从低音炮到海豚音,
从阳春白雪到下里巴人,
甚至花腔,民谣,摇滚,嘻哈,
皆可入心入耳。
以后任何角落冒出的杂音,
都可以婉转,动听。

2018.1.15

卸下

卸下面具,
卸下身上的装扮。
南河苑东窗无事不生非,
灯红与酒绿,限高三米,
爬不上我的阁楼。
南窗的玻璃捅不破,不是纸,
满目葱郁,有新叶翠绿,
滴落温婉的言情。
与世无争是一种突围,
突出四面埋伏的围困,
清心,并且寡欲。
阅人无数不是浪得虚名,
争强斗胜最终不过是,
伤痕累累。
把所有看重的放下,
轻松谈笑,轻松说爱,
轻轻松松面对所有。
任何时候都不要咬牙切齿,
清淡一杯茶,润肺明月,
看天天蓝,看云云白。

2018.8.21

在致民路

致民路从府南河上岸,
披上我的外套,密集的酒吧,
排列成胸前整齐的纽扣。
川大与川音,
两个学府锁不住的蓬勃,
把我纽扣解开、扣上,
让我时常有衣衫不整的感觉。
萨克斯徘徊摇摆,
重金属打击连绵不绝,
红衣女摩拜单车擦肩而过,
花腔卷起的红尘,
没有惊风活扯,没人诧异。
店家小二吆喝的"串串",
一大把竹签挑起的民谣,
也有了麻辣的味道。
我在致民路上改写了身份,
行走多了弹跳节奏,
谈笑少了岁月的皱纹。

2017.10.21

蛰居哲学

南河苑发生过故事，
有人走了，有人来了，
走的那人的钥匙，
交给了来的人，
没有照面。
来的人封存了所有的故事，
故事就结束了。
院子里树木疯长，
树与树之间保持距离，
并且心心相印。
和睦不是勾肩搭背，
而是默契。
比如左邻右舍，
谁也叫不出谁的名字，
过道上侧身，一个微笑，
就有了春风拂面。

2018.11.28

通宵达旦

九眼桥的廊桥，
在这个城市很有名，夜夜灯火。
那支廊桥遗梦的旋律，
如泣如诉，布下天罗地网。
桥头南河苑有我一张床，从来没有夜过，
霓虹、月华，和水面上的波光，
闭上眼都是挥之不去的汹涌。
悄无声息的汹涌通宵达旦，
我就在床上，窗帘很厚，
安静得可以致命。

2017.10.12

秘密武器

记得住门牌,
记不住密码锁的密码,
手指在触屏机械性滑动,门开了。
我对自己的手指近乎于崇拜,
即使喝得酩酊,也没有一次闪失。
我怀疑我手指藏有天大的秘密,
可以克敌制胜,化险为夷,
可以上天入地,行云流水,
所以,绝不轻易出手。

2017.10.21

沙发是我的另一张床

黑夜是我的脸,
沙发是我的另一张床。
早出晚归在城市习以为常,
倦鸟择窝,身后尾随的目光、夜影,
被拒之门外。斜靠在沙发上,
烟头的红灭了,眼睛闭了,
只有明亮的灯孜孜不倦地陪伴,
沙发上和衣而睡的梦。
好梦不上床,床上的梦,
即便春暖花开,也稍纵即逝。
还不如沙发上胡乱摆一个姿势,
结拜些鬼怪妖魔。
只有遭遇最黑的黑,
才能收获灿烂。
早晨起来,换一副面孔出门,
满世界风和日丽。

2017.10.22

别处

我一直在别处,
别处神出鬼没。
从来不介意面具和脸谱,
不提防月黑风高。
别处被我一一指认,
比如我的重庆与成都。
重庆的别处拐弯抹角,
天官府、沧白路、上清寺。
成都的别处平铺直叙,
红星路、太古里、九眼桥。
我在别处没有一点生分,
喝酒的举杯,品茶的把盏,
与好玩和有趣的做生死之交,
与耄耋和豆蔻彼此忘年。
亲和、亲近、亲热、亲爱,
绝不把自己当外人。

2017.10.22

相安无事

柳浪99在河边,
热辣与清淡,俯卧成景。
适宜喝茶、聊天、晒太阳,
白鹭在柳树排成的波浪上打盹,
与人的闲散呼应。
对面的电视塔高高在上,
越来越孤冷,塔上发射的信号,
在天上飞,落不了地。
很多人进进出出,
心猿意马地精益求精,
孜孜不倦。

一河之隔的两个局面,
几乎没有人觉察。
我在附近的如是庵街口,
等太阳升起、落下,
如是是不是柳如是,
如是的庵是不是真的有庵,
只是想,不求甚解。
反正这里从来没见过比丘尼,

擦肩而过都是花枝招展。
十字路口险象环生，
我低头走路经常招来，
汽车的急刹。

2018.12.3

小年

府南河悄无声息,
一条冬眠的蛇截断了水的流淌。
已经是小年,我醒来的凌晨,
没人听见我的呼啸。

昨夜被一片草原覆盖,
我的鼻息是马蹄踩踏的原音。
梦想越来越朴素,
没有觉察到一丝凉意。

离天亮还有几个时辰,
随手翻看枕边的皇历,有提示:
——"诸神上天,百无禁忌"
知道了什么叫恍然大悟。

我起身在阳台上伸展四肢,
凛冽中把一个词打开——
平安。有人在河边唱《南山南》,
一只白鹭飞过水面。

2019.1.28

戒烟记

真想剁了我的手指,
夹一支香烟,很拽。我不知道,
是我戒不了烟,还是我手指有毛病。
戒烟很容易,说戒就戒,
我戒几百次了,很轻松。
手指不听话,与我不同道,
道不同不相为谋。
我在很多时候发誓痛改前非,
比如公共场所,
比如明确禁令,
我把手指囚禁在裤兜里,
连放风的时间也不给。
久而久之,手指貌似归顺了我,
却并不听我的摆布。
举一不能反三,还出尔反尔,
以一当十,自以为是。
我知道总有一天,
我会把我的手指点燃,吱吱地燃,
看它在我眼前,烟消云散。

2019.9.23

反省

都趴下了。成就感,
是自己跟自己说话,语焉不详,
所有的道貌岸然被风吹散。
每一副碗筷都有级别,
每一个杯子都有阴影,
明知道透明的液体不透明,
还是深浅一仰脖,喝个耿直。
这种硬着头皮的事记不住次数,
记得住的人我得保持警惕。
酒可以把人打回原形,
摘下面具,把身上毛病扒出来,
一二三四,彼此彼此。
我和我身边的凡夫俗子,
都经历过酒精考验,
哭过,笑过,骂过,跌倒过,
毫无遮拦,历历在目。
没有毛病的人自视凤毛,
举手投足有尺寸丈量,
最好敬而远之,相忘于江湖。
这不是别人的问题,
我吃五谷杂粮,自己有病。

2019.4.17

破局

饭局、酒局都在设局,
预约与临时起意有附加,
高档定位和苍蝇馆子如出一辙。
容易心不在焉,
还容易擦枪走火。
我庆幸我的朋友圈,
有鸿儒谈笑,有白丁往来,
为稻粱谋和满腹经纶的各色人等,
可以丢盔卸甲的聚齐。
吃饭就吃饭,
喝酒就喝酒,
与太古里包间的衣冠楚楚,
和九眼桥散座的眉来眼去,
不是一个套路。

白酒可以破局,
附带玻璃杯盛白开水,
看得见对面一举一动。
我的饭局是最快活的局,
无关心计,无关尊卑,

男女老少,平起平坐。
酒到面红耳赤以后,
现场演变成棋局,有点乱——
马失前蹄可耕田,
象瞎了眼敢日天,
当头炮东倒西歪满场跑,
过河的卒子横冲直撞,
自己当了将帅。

2018.9.2

从天府广场穿堂而过

十六年寄居成都,
没有在天府广场留下脚印,
我感到很羞耻。有人一直在那里,
俯瞰山呼海啸,意志坚如磐石。
而我总是向右、向左、转圈,
然后扬长而去。为此,
我羞于提及,罪不可赦。
那天,在左方向的指示牌前,
停车、下车、站立、整理衣衫,
从天府广场穿堂而过——
两个巡警英姿飒爽,
三个少女在玩手机,
一个环卫工埋头看不见年龄,
我一分为二,一个在行走,
另一个,被装进黑色塑料袋。
一阵冷风从背后吹来,
有点刺骨。

2017.11.12

春熙路上的孙中山

路经春熙路,
总要去看那个矮小老头,
他在那里坐守世纪风云,
整整九十年了。

商厦越来越拥挤,
刘开渠铺垫的那个广场,
被琳琅满目的百货和龙抄手包抄,
严重缩水。

春熙路熙熙攘攘,
满眼美女如云、美腿如林,
大爷大叔、小哥小鲜肉,
都在招摇过市。

少男少女唧唧歪歪拍照,
一个比一个搞怪的造型,
老头看在眼里。

一个少妇怀抱宠物狗,

东张西望之后,靠近花台,
那狗东西大快朵颐了。

被冷落了的孙中山,
在春熙路,面部表情自然,
没有一点不适应。

2018.11.25

十字路口

书院西街的如是庵,
十字路很标准。
东西南北已经四通八达,
路牌有些模糊,指向不明。
我在七楼上足不出户,
精心圈养我的文字,
如虎,如豹,一敞放,
就万里拉风。
窗外就是太古里,
珠光宝气,琳琅满目,
与我格格不入。
我对脂粉过度敏感,
以至于鄙视一切过度的抒情,
那些文字的媚娘。
我的文字,和我一样桀骜,
积攒了一生的气血,
咄咄逼人。

2019.1.28

八十五号

鲁迅雕像上的黑色素,
从红星路梧桐树倒下以后,
沉着了。比门卫更像门卫的先生,
在那里不动声色,那里有
花边与野草登堂入室。

我一直在这里进进出出,
在先生面前只是过客。
我认识他他不认识我不重要,
重要的是我不能学阿Q,
和尚做得我做得。

八十五就是一个门牌,
和布后街、燕鲁公所一样,
但不能比。好多人宁愿绕道而行,
或者避而远之。相逢点头,
很难得了,比如我。

我已经老不中用,
更不能有事无事去找麻烦。

远远地看一眼,
就知道先生生硬的表情,
像他的两剑冷眉,所有的装扮,
都记在心上。

2018.8.13

每个人都有一间老屋

每个人都有一间老屋,
我的老屋是土筑墙、茅草棚,
比晒坝矮了一截。时间的暗室,
保留了这张黑白底片。
老屋是队上的保管室,堆放风车、犁铧,
以及各种奇形怪状的农具,
在黑灯瞎火的夜里,
与我相爱。我把它们视为知己,
为它们朗诵普希金、拜伦,
朗诵自己的心跳。
青春期一个人的激越与荒唐,
被那盏忽明忽暗的煤油灯,
照得无处可逃。
我的老屋突兀在五里坡上,
喜怒哀乐落地生根,
比我以后住过的冰冷的高楼、别墅,
更有温度、质感,更容易入梦。
老屋已经不在了,那一张底片,
黑与白,不能弄虚作假,
是我唯一没有装扮的真相。

2015.2.14

屋檐下的陌生人

屋檐下住了两个人,
裂了缝的土墙,隔不住
夜半的呼噜与咳嗽,
尿滴瓦罐的单调。
我是一个,另一个,
从来不和我说话。

另一个的头,
重锤样倒挂在胸前,
背上砸出巨大的疙瘩,
人们叫他"驼子"。
我不能,他年过花甲,
我十八岁的腰身,
扛不住。

三个三百六十五天早晨,
门前一把择好的蔬菜,
来自他的自留地。
喊他,不应,
打招呼,不理,

心安理得了。

离开那天,
我迎上前:"大爷,我走了,
我会回来看你!"
他脸上僵硬的肌肉在蠕动,
不易觉察的微笑,
潮湿了我的眼。

模糊了安过身的很多地方,
突然想起向来人打听,
说他死了,死好多年了。
那天,天空下着雨,
我漫无目的走到天黑,
黑得让所有的街灯和人,
都看不见我。

2015.2.16

队长婆的麻花鸡

漂亮的麻花鸡,
麻花的鸡毛,好看。
麻花鸡比别的鸡高调,
生蛋以后的歌声,
翻过几座丘陵。
队长婆的脸上,
笑成一朵硕大的麻花。

那天,我顺了一手,
掐断了它的歌唱。
它在绿色军用挎包里的扑腾,
比我心在胸腔里的扑腾,
显得过于短暂。

回到茅屋三下两下,
焖了满满一锅。
麻花毛和一盆肮脏的血水,
进了屋后的粪池。
只是为了吃,
夜差点被我撑破。

扛着日头出门，
假装镇静。
从来没有打嗝的日子，
在人堆里打了嗝，
赶紧捂住。香比刀子锋利，
可以要命。

队长婆和麻花鸡，
一样高调，
在院坝里破口大骂。
麻花的毛，
熟悉队长婆的声音，
飘浮了上来。

还是那么好看，
所有的人都看得见。
队长婆压低声音，
给身边人说，这事过了，
娃也不容易，
就是想打牙祭。

2015.2.16

杀猪匠

一刀子进去,
一秒钟的高潮。
杀猪匠年关手起刀落,
一个折子戏,不要帮腔。

耳朵上夹满香烟,
嘴上叼的那支还没燃尽,
就被人取下,另一支点燃,
又送到嘴边。

就是一个造型,
比如身上的油渍与血迹,
去年的还在保留,
污垢越多,越是大牌。

猪头、血旺、杂碎,
与锅瓢碗盏依次走过场,
整边的大肉下不了手,
那是一年的指望。

大厨也只能跑龙套,
凉拌、水煮、清蒸、红烧,
边角料主打的盛宴,
席卷的都是快乐。

只一碗酒,连筷子都不动,
那刀,踉跄着走了。
那边又一锅水烧得滚烫,
等的是下一刀。

2015.28

白喜事

死人了,
请个草台班子,
把哀思在花圈堆放的空地,
弄出点动静。

杂耍、跟斗、吹拉弹唱,
吊唁的人闻声而来,
认识和不认识的,
只一句"节哀顺变",
就自娱自乐。

剥花生嗑瓜子扯把子,
弦歌一浪高过一浪。
生前最亲近的人,
在白布单覆盖的那人面前,
守夜——"让我再看你一眼"

露天手搓的麻将,
打的是"丧火",
赢钱和输钱,都斤斤计较,

几颗星星掉下来,
被当作九筒扛上了花。

披麻的戴孝的围了过来,
夸上几句好手气。
一大早出殡的队伍走成九条,
末尾的幺鸡,
还后悔最后一把,点了炮。

2015.2.6

邻居娟娟

娟娟在夜店的台面上,坐。
20岁花季从事商务活动,
说自己是"台商",说完了一笑,
娟娟的笑,比哭难看。

摇晃的灯光,摇晃的酒瓶,
摇晃的人影摇晃的夜,
摇晃的酒店,
摇晃的床。

我见过娟娟的哭,
那是娟娟最初的时候。
她看见背后有人指指点点,
听邻居甩门,发出很怪的声音。

娟娟的哭穿透坚硬的墙,
让人心生惊悸,
秋天的雨,在屋檐上,
一挂就是好多天。

后来街巷清静了,
娟娟很少和邻居照面。
白天是娟娟的夜,
夜是娟娟不为人知的繁华。

娟娟的名字,开始被遗忘。
有警察来过我们的巷子,
打听一个叫娟娟的人,
有人知道说不知道,
有人真不知道了。

娟娟回来过,
有人见到了娟娟。
娟娟又被带走了,
那是白天。后来,
再也没有人看见她回来。

娟娟姓牛,长得好看,
高中没有读完就辍学了。
张妈说她就不是读书的料,
李婶说,美人就不该
生在这个巷子里。

2017.5.27

刑警姜红

一支漂亮的手枪,
瓦蓝色的刺激与诱惑,
在他腰间、手里,
在外衣遮挡的左腋下,
生出英雄的旋风。
他的故事行走在这个城市,
坏人闻风丧胆。

身高一米八二,光头男,
长相英俊、酷,
天生就电影里的正面人物。
我和他同届同门,
攻读法律。法条在他那里,
可以倒背如流,
就像自己身上的汗毛,
疤痕与胎记。

导师说,姜红还要长,
指他刑警总队长的职务。
那天没有征兆,

案发现场他被召回局里，
"紧急会"只紧急了他一人。
两个武警过来下了他的家伙，
他没有挣扎、争辩，
没有惊慌与凌乱。

——"出来混都是要还的"
香港警匪片里的台词，
姜红同样烂熟于心。
女孩一样的名字，
一个真男人，
勋章与手铐都闪闪发光。
姜红的红，与黑只有一步，
这一步没有界限，
就是分寸。姜红涉了黑，
"近墨者黑"的黑，
黑得确凿。

多年过去了，我去探视他，
那是个柔软的春天，
姜红和自己办过的罪犯
关押在一起。还是一米八二，
光头，还是英俊。
我们相拥而泣，无语，

眼睛潮湿了,泪流不下来,
那天,离他刑满,
还有一百八十二天。

2016.10.3

富兴堂书庄

堆积在檀香木雕版凹处的墨香,
印刷过宋时的月光,没名号的作坊,
在光绪年间成了富兴堂。

书庄额头上的金字招牌,
富一方水土,富马褂长衫,
西蜀行走的脚步,有了新鲜的记载。

以至于很远很远的地方,
可以看见,印刷体的雍城,
烟火人间的生动日子。

蜀中盆地的市井传说,
节气演变、寺庙里的晨钟暮鼓,
告别了人云亦云。

毕生复制的春夏秋冬,
在富兴堂檀木雕版上解密,
古城兴衰与沧桑,落在白纸黑字上。

2017.7.3

燕鲁公所

古代的河北与山东,
那些飘飞马褂长辫的朝野,
行走至成都,落脚,
在这三进式样的老院子。
门庭谦虚谨慎,青砖和木椽之间,
嵌入商贾与官差的马蹄声,连绵、悠远,
像一张经久不衰的老唱片,
回放在百米长的小街,
红了百年。

朝廷青睐这个会馆,
没有记载。两省有脸面的人,
来这里就是回家,就是
现在像蘑菇一样生长的地方办事处,
在不是自己的地盘上买个地盘,
行走方便,买卖方便。
后来成都乡试的考官,
那些皇帝派下来的钦差也不去衙门,
在这里,不抛头露面。

砖的棱、勾心斗角的屋檐，
挑破了盆地里的雾。时间久了，
京城下巡三品以上的官靴，
都回踩这里的三道门槛。
燕鲁会馆变成了公所，
司职于接风、践行、联络情感，
低调、含蓄、遮人耳目。
至于燕鲁没戴几片花翎的人，
来了，也只能流离失所。

燕鲁公所除了留下名字，
什么都没有了，青灰色的砖和雕窗，
片甲不留。曾经隐秘的光鲜，
被地铁和地铁上八车道的霓虹，
挤进一条昏暗的小巷。
都市流行的喧嚣在这里拐了个弯，
面目全非的三间老屋里，
我在。在这里看书、写诗，
安静得可以独自澎湃。

2017.3.12

惜字宫

造字的仓颉太久远了,
远到史以前,他发明文字,
几千枚汉字给自己留了两个字的姓名。
这两个字,从结绳到符号、画图,
最后到横竖撇捺的装卸,
我们知道了远古、上古,
知道了黄帝、尧舜禹,
知道了实实在在的
中华五千年。

惜字宫供奉仓颉,
这条街上,惜字如金。
写字的纸也不能丢,
在香炉上焚化成扶摇青烟,
送回五千年前的部落,
汉字一样星星点点散落的部落,
那个教先民识字的仓颉,
可以辨别真伪、验校规矩。
现在已经没有这些讲究,
这条街的前后左右,烟熏火燎,

只有小贩的叫卖声了。

那天仓颉回到这条街上,
对我说他造字的时候,
给马给驴都造了四条腿,尽管,
后来简化,简化了也明白。
而牛字只造了一条腿,
那是他一时疏忽。
我告诉他也不重要了,
牛有牛的气节,一条腿也能立地,
而现在的人即使两条腿,
却不能站直。

2017.3.9

落虹桥

落虹的优雅与情色,
掩盖了鲜为人知的过往,
行色匆匆的布衣、贤达都有了幻觉。
街东口那道彩虹,落地以后,
混凝成坚硬的跨河水泥桥,
桥下的水从来没有流动过,
没有鱼、没有可以呼吸的水草,
没有花前与月下。

这条街很少有人叫它的名字,
总是含含糊糊。
指路的只说新华路往里拐,
庆云街附近,有新繁牛肉豆花,
有飘香的万州烤鱼。
长松寺公墓在成都最大的代办,
临街一个一米宽的铺面,
进出形形色色。

我曾在这条街上走动,
夜深人静,也曾从十五层楼上下来,

溜进色素沉着的一米宽木门。
那是长衫长辫穿行的年代，
华阳府行刑的刽子手，
赤裸上身满脸横肉的刀客，
在那里舞蹈，长辫咬在嘴里，
落地的是人头、寒光和血。

没有人与我对话，那些场景，
在街的尽头拼出三个鲜红的大字
——落魂桥。落虹与落魂，
几百年过去，一抹云烟，
有多少魂魄可以升起彩虹？
旧时的刑场与现在的那道窄门，
已经没有关系。进去的人，
都闭上了眼，只是他们，
未必都可以安详。

2017.3.23

纱帽街

纱帽上的花蚊子,
在民国的舞台招揽川戏锣鼓,
文武粉墨登场,后台一句帮腔,
落在这条街的石缝里。
老墙下的狗尾巴草探出身来,
模样有点像清朝的辫子,
每一针绒毛比日光坚硬,
目睹了这些纱帽从青到红,
从衙门里的阶级到戏文里的角色,
真真假假的冷暖。

大慈寺的袈裟依然清净,
晨钟暮鼓里的过客,
常有官轿落脚、皂靴着地,
老衲小僧从来不正眼顶上的乌纱,
在他们眼里就是一赤条条。
一墙之隔的店家,热火与萧条,
进出都是一把辛酸。
官帽铺的官帽是赝品,
朝廷即使有命官在,

七品,也有京城快马的蹄印。

偶尔有三五顶复制,
也是年久花翎不更旧了陈色,
私下来这条街依样画符。
尺寸、顶珠、颜色与品相的严谨,
不能像现在那些坊间传闻,
可以拿银子的多少随便创意。
那官回了,面对铜镜左右前后,
听夫人丫鬟一阵叫好,
第二天光鲜坐镇衙门,
一声威武,多了些久违的面子。

满清文武最后一顶纱帽摘除,
复活了这条街的帝王将相。
戏园子倒嗓的角儿当上店铺老板,
一身行头一招一式,
三年不开张,开张管三年。
那些剧社、戏场、会馆茶楼,
那些舞台与堂会里的虚拟,
满腹经纶游戏的人生,
被收戏的锣鼓敲定。
纱帽街上的纱帽,被风吹远。

2017.4.1

草的市

我就是你的爷。
那一根压死骆驼的草的遗言,
在旧时草垛之上成为经典,
草就成了正经八百的市。
过往的骡马,
在堆垛前蹬打几下蹄子,
草就是银子、布匹、肥皂和洋火,
留在了这条街上。
然后一骑浩荡,
能够再走三百里。

草市街只有草,
是不是压死过骆驼并不重要,
草本身与交易无关,
都是人的所为。
至于沾花的偏要惹草,
草很委屈,即使有例外,
也不能算草率。
驴与马可以杂交,
草不可以,

草的根长出的还是草。

在根的血统上，
忠贞不贰。灯红酒绿里，
草扎成绳索，勒欲望，
勒自己的非分。草的上流，
草的底层，似是而非，
在不温不火的成都，
一首诗，熬尽了黑天与白夜。
草市街楼房长得很快，
水泥长成森林，草已稀缺，
再也找不到一根，
可以救命。

2017.4.7

红照壁

我的前世,
文武百官里最低调的那位,
皇城根下内急,把朝拜藩王的仪式,
冲得心猿意马。照壁上赭色的漆泥,
水润以后格外鲜艳。
藩王喜红,那有质感的红,
丰富了乌纱下的表情,
南门御河上的金水桥,
以及桥前的空地都耀眼了。
照壁上的红,
再也没有改变颜色。

红照壁所有恭迎的阵势,
其实犯了规。这里的皇城,
充其量是仿制的赝品。
有皇室血统的藩王毕竟不是皇上,
皇城根的基石先天不足,
威仪就短了几分。
照壁上的红很真实,
甚至比血统厚重。

金戈铁马，改朝换代，
御河的水，流淌一千种姿势，
那红，还淋漓。

我的前世在文献里没有名字，
肯定不是被一笔勾销，
而是大隐。
前世的毛病遗传给我，
竟没有丝毫的羞耻和难堪。
我那并不猥琐的前世，
官服裹不住自由、酣畅与磅礴，
让我也复制过某种场景，
大快朵颐了。我看见满满的红，
红了天，红了地，
身体不由自主，蠢蠢欲动。

一垣照壁饱经了沧桑，
那些落停的轿，驻足的马，
那些战栗的花翎，逐一淡出，
片甲不留。
红照壁也灰飞烟灭，
被一条街的名字取代。
壁上的红，已根深蒂固，
孵化、游离、蔓延，

可以形而上、形而下,
无所不在。我的来生,
在我未知的地方怀抱荆条,
等着写我。

2017.4.18

棉花街

我在这条街上走的时候,
已经见不到街了。
一条青石路油亮光滑,
那是清末遗留的一条长辫,
顺坡而下的民房,
像倒扣的黑色瓜皮帽,
百年忘了捡拾。

棉花帮最后的帮主,
作为一幅民俗画的落款,
进了博物馆。
和画一起陈列的,还有当年,
西洋人马丁的黑白记忆。
一条街蒸发了,
这里的棉花飘飞为云。

剩下一条路可以交通,
我曾经上上下下,
找个小店喝碗老酒,
在那里听那些跑船的人,

戏说旧年的繁荣。
一碟花生米,
余味无穷。

街没有了,
青石板路不在了,
喝酒的店子找不到了。
没有人可以和我进入以往,
以往模糊不清。
我不知道这里丢失了什么,
棉花街,真的上了年纪。

2017.2.11

红卫兵墓

沙坪坝是城市唯一的平地,
公园里的树绿得发冷,
即使最热的时候进来,
笑声也会冻僵。
有一段围墙豁缺了,
被重新堵上,
堵了又缺。

围墙不是一个人在堵,
围墙也不是一个人在拆,
堵墙的人拆过墙,
拆墙的人,
又会把墙堵上。

残垣以外的风景,
是沙坪公园的一部分,
一堵墙把它隔离开了,
与环境不协调,
与季节不协调,
一块旧年的伤疤。

时间笔记

墙内的草木，
有花落、叶落，有树枯萎。
墙外从来无人看管，
不见狼藉和尘埃。
我在清明时节路过，
断墙开满鲜花。

比邻的教堂钟声哑了，
冰冷的十字架下，
年代失血。裸露的坟场，
保存了惨烈的完整。
一百颗早上八九点钟的太阳，
在那年，在墙外，
封存了体温。

2014.3.23

冬至这天我格外警惕

冬至羊出没,
收获了桌上所有的喜悦。
我没有口福,只能避而远之,
这是与生俱来的缺陷。
不近美味比不近美色更残忍,
食色的清汤寡水,
缘于生理而不是心理,
没有暗示没有刻意拒绝,
只是某种残疾。
我的残疾让我随时保持警惕,
羊出没和狼出没,
在我这里都有十面埋伏,
而且不止是冬至。
季节变幻,即使改头换面,
我也不能口无遮拦。

2018.12.23

我不方便说羊

我不方便说羊,
我羞于面对那些赞美词。
在新疆、内蒙、陕西、甘肃,
都不如我在黄甲,
与这里的草甸和泥土含混。
牧马山上的马,
被大风卷起的鬃毛,
在羊群里的趾高气扬,
行迹无人问津。
羊还是那羊,
从蚕丛部落迁徙而来,
没有云朵一样的白,而是麻黄,
麻是泥土的颗粒,
黄是族人的肤色。
恐怕也只有我,刻骨铭心,
见过羊在屠刀下流泪,
一流清澈透明,
一流无怨无悔。
那时候我还很小,
小到我没有力气拿铅笔,

只在心里画了很多羊，
与羊对话，
说它们的小语种。
现在我在黄甲过麻羊的节日，
也只能说这样小语种，
不方便用普通话，
说羊。

2019.1.2

不经意

书房的那盆绿萝,
和我散落的文字纠缠不清,
已经芳华不再,
成了黄脸婆。
这是我不经意的发现,
我不知道这中间有多大的冲突,
伤害如此严重。
结果已经无法挽回,
我去花市选了几支水仙,
替代了绿萝的位置。
我想看见花开,不妖娆,
我的文字可以攀援,
宛若绕指,相亲相爱。

2019.2.19

一片树叶在半空

一片树叶,
悬在半空很久了。
去年的画家,
画我今年的心境,
自由、慈祥,心无旁骛。

我悬在半空,
凌空的舞蹈无须喝彩。
在半空中写诗,
我的诗改变了模样,
别人不认识,我认识自己。

一块石头飞起来,
抛物线与树叶擦肩而过。
石头落下,碎了,
树叶化成云,
天空好蓝,好晴朗。

2018.4.5

一条蛇与我等身

一条蛇,
与我等身一米七五。
从餐馆的玻缸里探出头,
嗅小姐纤纤素指。
一个快闪,手指比刀锋利,
衣裳蜕落了,宝石一样的蛇胆,
不偏不倚落入杯中。
我的酒绿得美丽,
让我心跳不已。
把盏的手保持平衡,
杯中之物,物外的我,
都可能被一饮而尽。

2019.9.10

宅

终于失眠了。
中秋没有月亮,暴雨灌满的夜,
找不到皎洁的碎片。
我想宅想了很久,附近书店,
或者别的什么角落,但是没有。
东南西北的门上了锁,
我不能进出,不能游刃,
身心找不到地方安顿。
如果城市有被掏空的片刻,
我选择锦城,在一只金靴里,
宅它一千零一个夜,
不见任何人。

2019.9.12

剪纸

未曾谋面的祖籍,
被一把剪刀从名词剪成年代,
剪成很久以前的村庄。
我的年轻、年迈的祖母,
以及她们的祖母、祖母的祖母,
游刃有余,
习惯了刀剪在纸上的说话。
那些故事的片段与细节,
那些哀乐与喜怒,
那些隐秘。

村头流过的河,
在手指间绕了千百转,
流到一张鲜红的纸上。
手指已经粗糙、失去了光泽,
纸上还藏着少女的羞涩,
开出一朵粉嫩的桃花。
这一刀有些紧张,
花瓣落了一地,
过路的春天捡起来泼洒,
我看见了我的祖母。

2017.1.3

心甘情愿

从做爷爷那天开始,
我就当孙子了。
几十年家里至高无上的地位,
摇摇晃晃。小人儿的一举一动,
成为我从头再来的必修课。
我不能肆无忌惮地抽烟,
不能毫无节制地喝酒,
不能在好端端汉语里爆粗,
口无遮拦。
满世界都是阳光雨露,
我也满血复活,温文尔雅,
再也没有横眉冷对。
我知道当个孙子要像孙子,
不撒谎、不讨人嫌,
保持和颜悦色,要乖。
习惯了在阳台上看花开,
看树枝上的白鹭两小无猜,
出门看路、看红绿灯,
记住所有人的笑脸。

2019.10.4

时间笔记

和父母亲过年

城里已经空空荡荡,
父母在阳台上听稀疏的爆竹,
一声比一声孤零。
"好清静哟",母亲自言自语,
耳背的母亲说出清静,
如雷轰顶。膝下四世同堂,
热闹只是片刻,清静了。
父亲也一言不发,
只盯着对面的嘉陵江,向远。
一只麻雀在眼前飞来飞去,
最后飞走了。我知道我也要离开,
年后应该比现在更冷。
此时无声,听得见落叶的微响,
一盆金钱橘挂满了金黄,
父亲喃喃地说,不甜。

2018.2.18

老爷子

老爷子最早在水上行走，
从重庆到汉口，两点一线，
巫山云雨和两岸猿声，都抛在身后。
我无法想象那些水运的枪支，
如何安全抵达。
那是万恶的旧社会，
那些枪口，最后对准了谁?
老爷子从来没有提及。
老爷子的水性，
就是把弟妹带大，养家糊口。

很早就没了父亲的我的老爷子，
身边七个兄弟姊妹，后来，
还有了我哥我姐和我，
以及孙子、曾孙，连绵不绝。
这是一个兵工厂的家族，
老爷子名副其实做了老大，
稳坐了几乎整整一个世纪。

老爷子从来不看天上的风云，

只管地上的烟火，拖儿带女，
跟跟跄跄走进新的社会和时代，
人生的信条就是过日子。
以前他说经常梦见我，
我无动于衷。现在是我梦见他，
不敢给他说我的梦，
害怕说出来，他心满意足，
就走了。我必须要他一直牵挂，
顺他，依他，哄他，
与他相约，百年好合。

2018.8.20

私人档案

世纪之交,单纯与文字为伍,
在《红岩》看红梅花开了三茬。
解放碑的某个小巷还有人对接暗号,
沙利文的刀叉不见了踪迹。

一枚闲子被《星星》唤醒,
从沙坪坝经桑家坡直抵燕鲁公所,
组织给我接风在克拉玛依,
新华路一个有隐蔽意味的地方。

红星路上没有红颜色的星星,
惨白的星光爬上额头分行,
第一行和最后一行都挂在铁门上,
与沧桑越来越匹配。

十五年以后,我把星星的密电码,
在星光灿烂的夜晚交给了接头人,
不带走一个标点符号。
九眼桥在那天夜里,失眠了。

少陵老爷子夜游浣花溪,
和我不期而遇,小店里喝的那杯酒,
有点猛,在茅屋折腾了一宿,
醒来发话,过来种植点花草吧。

花甲挪窝《草堂》扎寨,
还是那套种植的手艺,横撇竖捺。
茅屋没有岗哨,没有砖瓦磕磕碰碰,
随心所欲、所不欲。是为记。

2019.5.27

墓志铭

我的祖籍、出生地,
我的姓氏、名字、阶段性的身高,
我血脉里的嘉陵江和长江,
水流沙坝的赤条条,
衣冠楚楚的标准照,
都在这里。
朝天门放飞的那只风筝,
带我去了另一个城市,
安逸、散漫、麻辣也柔和,
盖碗茶滋润了与身俱来的干燥。
干燥在我的母语中注入性情,
比文字本身更凶猛,
可以两肋插刀,赴汤蹈火。
与我现在的温文尔雅,
相距300公里,间隔一杯酒。
酒,可以删繁就简,
在城市与城市之间相亲相爱。
重庆,成都,生活的储存与流放,
我身在其中,健在。
我叫梁平,省略了履历,

同名同姓成千上万，只有你，
能够指认，而且万无一失。

2018.11.25

第3辑 天高地厚

衡山遇大岳法师

寿比南山的山,就是衡山,
衡山在五岳排行老大,
又叫南岳。

金简峰宋徽宗御题的寿岳,
五百年后被康熙再一次钦定,
南岳真的高寿了。

我不敢在山上说我的花甲,
与福严寺大岳法师品茗,
说银杏的福报与年轮。

满院子的落叶睁着眼睛,
比阳光更闪亮更犀利地扫描,
我没有手足无措。

斋饭正襟危坐的仪式感,
一碗白米饭,巡回几碟小菜,
祈福、祈寿,心诚则灵。

衡山遇大岳法师，有悟，
心静如水。树上知了的喧嚣，
也婉转，满目清凉。

2019.8.24

南岳邂逅一只蝴蝶

那只蝴蝶应该是皇后级别,
在南岳半坡的木栏上,望着我。
过山的风骤然停息,
它的两翅收敛成屏风,
惊艳四射。我不忍心惊扰它,
感觉我们之间已成对视,
时间在流走。

一个道姑从我身边走过,
一个和尚从我身边走过,
他们视而不见。我甚至怀疑,
那是一只打坐的蝶,悟空了,
对视只是我的幻觉。
我一步步靠近,伸手可及,
但没有伸手,戛然而止。

2019.8.24

谒文昌宫

天上的星星，
在地面都有原籍。
文曲星在越西金马山下的芦林沟，
落地的啼哭与邻家别无异样，
观音泉把张亚子的名字，
洗了又洗，尘埃、杂念、私欲，
没有附着之地。
我在文昌宫面前冒犯了，
不愿在这里称帝称君。
他就是我的先人，
与北孔子匹配的南文昌，
就像我礼拜孔圣贤，
礼拜天上唯一的文曲星。
我一个读书的人慕名而来，
在这颗星星的宫殿，
不敢多有言语，毕恭毕敬，
长时间双手合十。

2019.6.14

越西银匠

我在越西,
看见月色遍地,如银。
与一个银匠恍若前世的约定,
很轻易地被他点燃,炉膛的火苗,
把彝文弯曲的笔画拉直,
更像我认识的汉字。

月色是越西的本色,
在银条慢慢融化的过程里,
所有的具体都抽象了。
他的察尔瓦和我的T恤,
只是区别我们的外套。
水观音也不能稳坐在云端,
满湖的皎洁已经沸腾。

火光照亮的额头,
有大珠小珠滴落银质的宝贝,
琳琅满目。银匠锤子翻飞,
轻重和深浅,都是行为艺术。
彝人寨子里这些深藏的绝活,

把我的好奇和惊叹,
捶打成一千种风情。

银匠没有读过书,
听不懂寨子外那些汉人说的话。
他最远到过西昌,
看见月亮和越西的一模一样,
也是他用银子敲打出来的,
挂在了天上。

2019.6.13

一首迟到的诗

距成都两百公里,
李庄在长江上游怀抱的典藏,
比浪花更缤纷。渔船的千百次网,
也无法一一打捞。
人不能只有鱼的记忆,那些
唤醒的和沉睡的还有多少,
与我们未曾谋面?
旧事如昨,时光射出的子弹,
每一秒都击中我胸膛。
我迟到了,对这里所有的敬意,
都因为迟到不堪一击。
你说你到过李庄,
好多人和你一样说到过李庄,
除了美味和佳肴,一壶酒,
在石板与石板的缝隙,
开出火焰的花朵,能否知道,
他们姓甚名谁?
我这首迟到的诗如果长出青草,
请拿酒来浇灌,万物重生。

2019.6.23

在李庄

李庄的睡眠里,
有一条江水缠绕,梦起波澜。
客栈窗沿划过一只早起的渔船,
有人在很远的地方说无比,
我的床,开始漂浮、游弋,
鱼在身边舞蹈。
古镇还原旧时的记忆,
那些青石板的片段与章节,
都是抹不去的痕迹。
梁思成一部中国建筑史,
存放了这里的基石。
林徽因人间四月天,
在月亮田小阁楼上的风雨阳光,
每天二十四小时种植浪漫。
李庄你来和不来都在,
这里所有的时间都是四月,
都有人间的花开。
江边的修簧竹上了年纪,
那年外面的烽火,硝烟散尽,
留下烟雨制造缠绵。

2019.4.30

湖心岛

我执意要到湖中的岛上,
上面没有树,裸露的石头,
被水包围。在东湖见到的湖光山色,
随手采撷都可以享用一生。
而我发现那座孤岛,
身体有些战栗,不能自已。
雇一条小船摆渡,湖面的烟波,
从四面八方蜂拥而至。
我像一个戴上头套遭劫持的俘虏,
被押解到岛上。
除了石头还是石头,
不明白这些石头是扎进水里,
还是从水里生长起来。
在岛上,看见东湖的波涛了,
无风也起浪,靠近水边的石头,
已经遍体鳞伤。环岛一周,
一棵草也没有,鸟在头上盘旋,
飞了。船,被固定在岛边,
船夫一直背对着我。回到船上,
暮色涂满天空,岸边的灯红酒绿里,

有人向我招手,我的手,
怎么也举不起来,不能挥动,
不敢对那些石头说再见。

2019.5.28

东湖的三角梅

东湖遇见三角梅,
比遇见那些花界的名门闺秀,
更惊喜。这与我的阶级觉悟有关,
三角梅从来就没有显赫过,
和我一样随遇而安。
我们习性有惊人的相似,
只要一点阳光和雨水,就灿烂。
在东湖,所有的惊呼和赞美,
都给了绿道梦幻花径的绿肥红瘦。
而三角梅被冷落的固执,
从四月花开,肆意了夏秋,
直到初冬才把绽放交给了雪。
很多明星和大牌自愧弗如,
天香国色与闪电昙花,
在三角梅面前也是潦草了,
抱恨来也匆匆去也匆匆。
东湖的家谱里没有三角梅,
但那成片成片的燃烧正在燎原,
与生俱来的野性和嚣张,
秒杀一切忸怩和做作。

散落的三角梅都是我的亲人,
尤其在东湖,在眼前。

2019.5.30

在西双版纳

老班章从山顶上下来,
生的熟的都是精制,
印上了我的姓名。
冰岛与北欧的那个没有关系,
在西双版纳人见人爱,
被我小心翼翼怀揣。
刚走红的曼松还没有明星的派头,
低调、含蓄,三盏过后,
口碑波涛汹涌。

热带的雨说下就下,
老虎不会说来就来。
这里的孟加拉虎不喝茶,
见过它的人越来越少。
晚宴上的虎骨酒,姓孟,
我心有余悸,酒杯把持不住,
洒落在地毯上的猩红,
刺鼻,反胃。
我和那只倒下的虎,
素不相识,但我知道,

有一双眼睛在丛林的深处，
望着我。

2018.12.18

张谷英古镇

五百岁的张谷英在岳阳,
一千七百多座明清建筑的骨骼,
可以延年益寿。
层山环绕的盆地生长风水,
里廊栉比,每块青砖都有呼吸。
我在竹椅上打坐,阳光,
记录我脸上的逆生长,
花甲与芳华含混。
回眸当大门,山峦颔首,
渭溪河从身边流过尽生百媚。
我不敢继续逗留,
害怕我一不小心倒插门,
回不了巴蜀。
从六十条巷道最隐秘的那一条,
择路潜逃,身心已经剥离。

2018.11.10

柳侯祠荔子碑前

柳宗元孤舟上钓起那朵雪,
在天空飞舞千年以后,
以一滴水洒落。
柳侯祠,水的牵引我细数阶级,
韩愈的黄蕉丹荔可闻其香,
东坡的字雄浑遒劲依然,
断碑裂纹里,暖意冉冉升起。
有人脱口而出:我的那个天!
天就撕开一条缝,豁然开朗。
正大光明的柳侯祠,
把永贞革新的背景照亮。
还是蓑衣比官袍可爱,那翁,
从断崖式遭贬至司马,
到柳州刺史,死后加封为侯,
都不过是云烟。
荔子碑前的文字黑白分明,
唐宋两朝三文豪碑前的聚首,
光芒照耀。再过一千年,
那雪还在,还是干干净净。

2018.11.24

谒李太白墓

当涂只有一个墓,
李白在那里。李白的诗,
在那里挂满了树枝,
伸手就能摘下,一座大青山,
典藏了盛唐诗歌的辉煌。

我在墓前站立了很久,
与守墓的谷氏第五十代后裔,
聊诗人暮年的激越与固执,
聊到酒,聊到传说的河里捞月,
唯一没有聊到诗人的潦倒。

守墓人脸上朴素的自豪,
就是谷氏先祖的千年之约。
一千年谷氏没有出一个诗人,
却守候了诗歌一千年,
把一个家族的承诺,
守候成不朽。

我不敢说我是诗人,

时间笔记

我替秋风茅屋里的诗人鞠躬,
我给谷氏的守墓人鞠躬,
我自己在墓前的鞠躬,
是我递交给诗歌的检讨,
我看见真正的天高和地厚。

墓前谁也不能附庸风雅,
所有自以为是都是肤浅。
幻觉越来越多的著名和大师,
在这里不过就是一粒微尘。
我双手合十环绕一周,
看见身后那些自贴的标签,
被风吹落。

2019.5.6

惠山泥人屋

惠山古镇的泥人屋,
比街坊的门帘与招牌都低调。
一只麻雀在台阶上溜达,
被我打扰,飞了。
店家正在描红的江南少女,
含情脉脉,呼之欲出。
我在屋里转了一圈,清冷里,
想象当年老佛爷五十大寿上的八仙,
曾经带给惠山东北坡山脚下,
那些黑泥的荣耀。
年代久远,已经回不到过去,
那些胖乎乎的家伙一点没有减肥,
观音、弥陀却食了人间烟火,
和我一样可以妙趣横生。
满屋子手捏的戏文,京剧、昆剧,
以及当地地方戏的折子,
我听得见满堂喝彩。
我知道这仅仅是我的澎湃,
有一条秘密通道直达。
店家还埋头在那里,

他手里的老渔翁正在收线收杆,
我是被他钓起的那条鱼。

2018.5.21

借一双眼睛给阿炳

阿炳的眼睛瞎了,
太湖水冲洗不掉太多的阴霾。
道骨被仙风轻描淡写,
二胡流落街头,行弓的滞意与顿挫,
把江南的风雨声绕指成断肠。
我在他的塑像前,
为自己的一双大眼深深自责,
我想把我的眼睛借给阿炳,
看见满世界为他绽放的鲜花,
满世界对他的仰望。
惠山脚下,二泉映照的月亮,
银辉书写江山,气贯天涯。
阿炳什么都看不见了,
看不见小泽征尔翻飞的指挥棒,
看不见大师一低头的泪涌,
看不见面前跪拜的定格。
所有看不见的震撼,
都在两根弦的中国琴上,
汪洋向远、向无边的辽阔,荡漾。

2018.5.21

进入我身体的海南

我确定,海南进入我身体,
年少记忆的椰子树、万泉河,
一群背斗笠的红军女战士,
摄人心魄的眼神,
深入我梦,挥之不去。
那时,我正在读歌德的少年维特,
样板给我懵懂的烦恼,
没有丝毫颓废和恍惚,
而是确立了革命目标。
这是我埋藏很深的隐私,
同学老师不知道,组织不知道。
后来,我的私心杂念,
渐渐长成一座山,长出五指,
五指敲出红颜色的文字,
半个世纪以后,在岛上泄密。

2018.1.5

琼海那只鳌

那只鳌,
身世显赫,南海小龙女之子,
龙头、龟背、麒麟尾,长相有点意外。
胎衣剥落的时候,海天一色,
世界身披黄金甲。

我想我的祖先也是水族,
可以接纳百川与万泉,与鳌对话,
可以手执玉带滩的那条玉带,
挥舞成彩虹。

那只鳌在琼海上岸,
穿着亚洲五颜六色的盛装,
政要与精英的小语种列阵浩荡的鱼群,
在鳌的腹中聚为海的声音。

我听到过这个声音,
那是一个共同体的混响,
一个拥有四十亿颗心跳的频道,
波长覆盖所有的陆地与海洋。

我与那只鳌最近的距离,
就是这首诗,一尾从长江入海的鱼,
在博鳌。

2018.1.8

椰子水

玻璃杯里的椰子水，
在海南，落座、上桌，频频举杯。
透过玻璃和无色的椰子水，
看见窗外的三角梅开得嚣张，
映红了万泉河。一叶轻舟划过，几片白云。
我在想是否有一片云可以带走我，
漂洋过海，让我怀揣海天。
而现实是堆满墙角的椰子，
六神无主，看屋里的那些杯盏交错，
像谍战片里的弃子，等待唤醒。
没有酒精的椰子水可以醉人，
最适合身在曹营心在汉，说客套话，
想自己隐秘的心事。

2018.1.8

与杨莹信步玫瑰谷

亚龙湾盐碱地不生长玫瑰,
杨莹把自己种下。一个画画的女孩,
从上海到三亚,画板画了第一朵玫瑰。

海水很咸、土地很咸,泪水很咸,
终究没能阻挡肆意的绽放。
一片玫瑰花的海洋在岸上,涨潮,
掀动了亚细亚的海啸。

画画的女孩画了十年玫瑰,
把自己画成了女王。
玫瑰谷芬芳汹涌,目不暇接,
而我看她,就是最灿烂的一朵。

一个画画的女孩,
不小心打翻了画板上的色彩,
有了自己的玫瑰王国,天涯飞花。

2018.1.9

在罗平做花的王

一头扎进花海,在罗平,
遍地黄金甲俯首即拾,随意披挂,
就有了王的气概。
那些花的姑娘恭迎的架势,
排山倒海,足以让英雄束手就擒。
蓝天与白云失宠,
眼里只有窈窕与招展,
早晨遇见宛若邻家的少女,
中午就风姿绰约,多情、妖娆,
黄昏还在身后,一摇摆,成了贵夫人。
难怪说女大十八变,
我在八百亩浩荡里的陷入,
只钟情于一朵。
不考虑是否能够突围,
做一次王,一次密不透风的前呼后拥,
就够了,可以山呼海啸。

2018.3.8

养蜂人

蜂箱里囤积的乐谱,
一张张打开,都是风暴。
油菜花地的交响,从蜂的翅膀上,
升腾起来,与阳光互为照耀。
一个人巡走的舞台,
一个人的千军万马,
每个花季的演出,只要花开,
就灿烂。
比游牧更孤独的棚架,
在花海里时隐时现,
一张简易床,一口锅,两只耳朵,
听蜂的私房话,血脉贲张,
身边的那条多依河涨潮,
温润了所有的梦。
已经很久没有与人交流了,
习惯了蜂的甜言蜜语,
那些激越与舒缓。
一阵风过,花瓣的雨洒落,
在他身上,我身上,没有谢幕。

2019.3.9

写首诗给花海里的山

三月的罗平一幅画,
无比奢侈的金色的油彩肆意泼洒,
没有留白。天地间铺开巨大的画布,
随意裁剪一块,都是极品。
行走在画里的人如同蚂蚁,
只有那些形似漓江山水的山,
从花海里长出来的山,
突兀地生长,毫无关联地生长,
与满目的金黄互为抬举。
星星点点的墨绿,如同美人的痣,
镶嵌在画布上,与画风匹配。
所以我得留一首诗给这里的山,
即使只是陪衬。

2018.3.14

邂逅一只高跟鞋

八朝帝王抬举的开封,
曾经的江山落了轿,
一只高跟鞋挑开布帘,
跨进我的年代。

我没有值钱的砖瓦,
没有上了年纪的祥符调,
没有马匹可以把她掳上马背,
成为我的压寨。

岳王庙比我的想象潦草,
跪在秦桧身边的女人,
身子被指责戳破,
一朵败菊在高跟鞋过后,
盖在伤口上。

宋河粮液开了封,
一条大河汹涌。
杯盏里注释的汴京,
都是53度的现代汉语,
我的四川,她的河南。

2019.1.11

朱仙镇的菊

云朵一样轻的我,
乘坐第三张机票,飘落在
朱仙镇血红的年画上。
虽有诗书,
却一介草莽,
我被年画上的油墨,
排挤在街头。

在街头看见了菊,
亭亭玉立的菊,
活色生香的菊,
铺天盖地的菊,
最肥的那一朵皇后,
咄咄逼人,
她该是哪个帝王的生母?

我想脱身而出,
找不到缝隙。
刀枪早已入库,
身上的盔甲长出花瓣。

此刻我明白,
我是朱仙镇的人了,
以后,记得来看我。

2018.1.13

马背上的哈萨克少年

躺在草坡上,
把自己摆成一个大字,
大到看不见牛羊、飞鸟,
只有漫无边际的蓝,与我匹配。
天上没有云,
干干净净的蓝,
我忘乎了所以。

几匹快马疾驰而来,
围着我撒欢。
草皮在吱吱地伴奏,
阳光烘烤的草的香,
酥软了每个骨节。
铁青色的马,铁青色的脸,
马上的哈萨克少年,
出自于天空的蓝。

马背上的年龄,
是我的幼年。
剽悍、威武的坐骑,

比旋转的木马还驯服。
他们要带我去兜风,
风卷起衣衫,遮住了脸。
我从马的胯下溜走,
一束逆光砸下来。

2018.8.3

树化石秘籍

准噶尔戈壁的侏罗纪,
记事在石头上。
那株亿万年前的乔木,
硅化了,经络刻写的年轮,
不能涂改和演变,
有鹰眼的指认,
我手里石头的基因,
一目了然。

石头的斑驳里,
我查看它的家谱。
一棵树把自己身体放倒,
与时光交媾,每个纪元如子。
上了年纪的沙漠,
守护一滴水,一次浇筑,
那些树皮与骨骼包了浆,
弹跳到地表上,
油浸、光滑的肌肤,如铁。

硅化了的木,

听得见呼吸的澎湃;
树化了的石,
看得见生命的斑斓。
这些奇台地道的原住民,
有自己的姓氏和名字。
我带回的那块石头叫茱莉娅,
夜夜歌声婉转。

2016.8.4

江布拉克的错觉

小麦,小麦,
波涛如此汹涌。
姑娘的镜头留下我的背影,
在江布拉克。
我不是那个守望者,
这里没有田,
那望不到边的是海。
海结晶为馕,
行走千里戈壁的馕,
因为这海的浩瀚,
怀揣了天下。

我在天山北麓的奇台,
撞见了赫拉克利特。
古希腊老头倒一杯水,
从坡底流向顶端,
 "向上的路和向下的路,
都是同一条路。"
我的车在这条路上空挡,
向上滑行、加速,

时间笔记

一朵云被我一把掳下,
在天堂与人间,做我的压寨。

天山山脉横卧天边,
一条洁白的浴巾招摇,
我在山下走了三天三夜,
也没有披挂在身。
走不完的大漠,
恍惚还在原地。
刚出浴的她,似睡非睡,
依然媚态。

2016.8.2

天鸽袭港

此时此刻，我在。
台风天鸽集结在东南偏南，
北纬211.5度，东经114.6度，
时速65公里，在港西登陆。
港人老蔡说来看我，
等到一条微信——
出街危险，树枝杂物横飞如子弹。
我似乎已经中弹，捂住伤口，
很庄严地告诉他，
别过来，还不到生离死别。
他还是在枪林弹雨之前，
赶来，也算生死之交。
我的房间看不见风起云涌，
只听见天鸽的嘶鸣。
我们在手机上看落荒的逃窜，
沉默不语。
怡东酒店正在温馨提示：
"天鸽的眼壁爆发对流，
台风眼清空，将有超强台风。"
我望着老蔡，老蔡望着我，
一点都不严肃。

2017.8.23

北京是一个遥远的地方

北京很遥远，
我在成都夜深人静的时候，
想过它究竟有多远，
就像失眠从一开始数数，
数到数不清楚就迷迷糊糊了。
我从一环路往外数，
数到二百五十环还格外清醒，
看见天安门、人民英雄纪念碑，
看见故宫里走出马褂和长辫，
我确定我认识他们，
而他们不认识我。
于是继续向外，走得精疲力尽，
北京真的很遥远。

2017.10.20

长春短秋

长春的秋,
比兔子尾巴还短,
一盒长白山点燃的功夫。

满街刚刚飘荡的裙子,
还没来得及清点样式,
就羽绒包裹了。

人约黄昏没有浪漫,
秋波找不到安放的位置,
失去了光泽。

十月的天空空了,
星光不见灿烂,
只一壶老酒,取暖。

已故的斯大林大街,
把所有的楼房切成魔方,
每个格都在翻转漫长的夜。

2017.10.20

集体的崖口

崖口在伶仃洋岸边,
仰卧起坐七百年。先祖南宋的烟火,
集结和睦与富庶,鱼肥稻香。
五桂山游击队鲜红的旗帜,
红了这里的海,这里的信仰。
那些集体主义的蚝,结伴的鱼虾,
从日出日落,从涨潮退潮,
都有整齐的队伍,统一步调,
在咸淡相适的海水里生生不息。
村民也是水生的物种,
出海、耕田、种植、收获,
从来不单兵游戏。那些老人,
三三两两集合的早餐,一盆基围虾,
半瓶烧酒杯盏交错,家长里短,
都不是外人。即使生面孔,
无论姓氏、种族,无论南腔北调,
落脚崖口,都是直系亲属。

2019.4.2

民宿：禾田香野

崖口的第一家民宿，
满院子花开，朝天椒的鲜红里，
滴落乡音，那种巴中老区地道的麻辣，
一声招呼，打通全身的经络。
我开始怀疑我在珠江口，
远离四川的南朗渔村，
味觉、触觉，甚至早出晚归的起居，
完全没有身在异乡的陌生。
老板娘比阿庆嫂漂亮，
身边没有胡传魁刁德一作祟，
来的都是真正的客。
一碗粥，一杯茶，几句暖人的问候，
比刚采摘的荔枝甜。
酒后话痨，我和老板醉意密谋，
给民宿取个更好的名字，
老板一一认可。我不能确定，
新取的名字是否落地生根，
但我知道我还会再来，
这里朝天椒的细语，余音绕梁。

2019.4.5

趣味青青农场

在茶东村风水林身后,
一片玫瑰花海泛滥,把榄边染香。
青青农场五百亩春夏秋冬,
编织岭南蔓延的花事,
和一个安全的茶篮子。
那个叫獒妈的都市丽人,
正在享受农作里简单的快乐。
瓜果林、蔬菜地踏青的笑浪,
覆盖了海的波涛。
青青别院里的窃窃私语,
比蛙鸣更抒情。
夜色里我与别院擦肩而过,
一首诗尾随而至,最后一行,
掉进泥土里,节外生枝。

2019.4.10

邯郸的酒

邯郸的酒,杯举一座城。
五千年燕赵雄风,一口浩荡,
文是一个醉,武是一个醉。

建安的七个老头,
与燕赵七个小子,以酒密谋。
身后那些莞尔,怀揣杀手的锏。

南来北往学步的人,走得偏偏倒倒,
莫非就是传说中的"踮屣"?
我保持平衡,谨记为老要尊。

漳河一杯酒,卫河一杯酒,
醉有应得。在邯郸不能不醉,
我的醉写在别人脸上,都是悱恻……

2017.11.3

学步桥雕塑

燕国那个少年,在学步桥上,
生硬地比画,滑稽了邯郸学步。

石头的雕塑把成语废了,
好难看,好心疼,想象死于刀斧。

我一个趔趄跌了眼镜,
庄子也在人堆里,与我撞个满怀。

看见他一脸无辜,无奈与羞愧,
比厚重的雾霾还阴沉。

落叶满地叹息,不如留下空白,
留点想象还老夫一点颜面。

2019.11.5

做梦的卢生

爱情潦倒就潦倒吧,
卢生不该碰上吕洞宾,
偏要一枕黄粱,洞房,金榜。

磁枕就是神仙下的套,
浮生一世,半碗小米下锅,
真相,比淘米的水混浊。

得意忘形,忘乎所以,
梦醒,粥没熬熟,落下了笑柄。
床榻上的卢生,睁不开眼睛。

真想拉他起来给两巴掌,
打脸上。灭了他的那些非分,
喝一碗救命的粥,过平常日子。

2019.11.5

再上庐山

牯岭街夜色凝重,
南来北往的聚集深不可测。
一千个达官贵人的闲话,
一千零一个闲云野鹤的佳句,
隐约在石径与茶肆。

这是天上的街市。
庐山的瀑布、松柏以及故事,
历朝历代的清洗和筛选,
飞流三千尺以后,
依然壮怀激烈。

我选择三缄其口,
沉默是金,沉默还是太平。
那幢石头砌成的遗址,
一万个汉字,
把它变成了墓碑。

如果汉字失去了重量,
不如像我,坐落一酒家,

温壶酒,烤几条深涧里的鱼,
然后在苍茫里,深呼吸,
与山交换八两醉意。

2017.5.9

南京,南京

南京,
从来帝王离我很远,那些陵,
那些死了依然威风的陵,
与我不配。

身世一抹云烟,
我是香君身后那条河里的鱼。
线装的书页散落在水面,
夫子正襟危坐,看所有的鱼上岸,
没有一个落汤的样子。

秦淮河瘦了,
游走的幻象在民国以前,
清以前,喝足这一河的水。
胭脂已经褪色,琴棋书画,香艳,
举止不凡。

运河成酒,秦淮、长江成酒,
不能不醉。忽然天旋地转,
恍兮惚兮,不过就是一仰脖,

醉成男人,醉
成那条鱼。

长乐客栈床头的灯笼,
与我的一粒粒汉字通宵欢愉。
我为汉字而生,最后一粒,
在凤凰台上,一个人字,
与酒说话与梦说话。

在南京,烈性的酒,
把我打回原形,原是原来的原,
从哪里来回哪里去,
没有水的成都不养鱼,
就是一个,老东西。

2016.10.12

古滇国墓葬群

石寨山睡了,
没有一丝鸟鸣。
一个王国的墓葬沉寂得太久,
斑驳了。
满地落叶与树枝,
都是大风吹散的矛钺。
与战事无关的烟火留下来,
饰纹爬满青铜的身体,
把远古红土高原上的民族血脉,
埋伏其中。

围墙里杂草和野花,
那些肆意的五颜六色,
成为后裔们身上的披挂,
两千年的译码。
抚仙湖水底的繁华,
缓缓浮出了水面,
古滇一枚黄金"滇王之印",
在自己的姓氏上,
举起了曾经的江山。

近水而居的石寨，山似鲸鱼，
亘卧于滇池的浩荡，
谁能看见它满腹经纶？

深埋的古滇国墓葬群，
已经没有呼吸。
我在两千年以后的造访，
与守山老人和一只癞毛小狗，
谋面阳光下的苍凉。
老人没有经纶，狗也没有，
一支长杆旱烟递过来，
却之不恭，只能不恭，
不能承受如此强烈的潦草。
石缝里一朵黄色小花，
开得分外嚣张。

2016.3.9

滇池与郑和

五百里海的梦,
把一个人的名字斧凿成船,
漂洋过海。
史记的笔跳过了章节,
忽略了这个记载,
忽略了这人在滇池的胎记,
那是滇池的蓝和天的蓝。
天的蓝有多宽,
梦里的海就有多远。

注定举世无双的远行。
海上了无人迹的六百年前,
还没有好望角的比达·伽马,
没有美洲新大陆的哥伦布,
大明王朝的一千只帆,
从这人的手上升起。
七下西洋,宛若闲庭信步,
亚非海岸和岛礁的眼睛,
都聚焦在帆上了。

那些惊恐，那些警惕，
那些四处奔突仓皇而逃的背影，
那些剑拔弩张严阵以待的敌意，
在滇池蓝一样的清澈里，
在滇池波一样的温情里，
手语可以解冻，可以冰释，
郑和的和，一枚汉字，
和了海上的风，海上的浪，
世界第一条航海之路，
和了。

最初的五百里的海，
在高原上，就是浩瀚。
昆阳月山西坡的那人，
就是滇池的一滴，
固执地泛滥。
为海而生，为海而死，
大西洋海的蓝、滇池的蓝，
还会一万年蓝下去，
我知道，那人还在。

2016.3.11

白马秘籍

白马没了踪影,
一只白色公鸡站在屋顶,
高过所有的山。尾羽飘落,
斜插在荷叶样的帽檐上,
卸不下身份的重。
白马藏,与藏、羌把酒,
与汉手足,在远山远水的平武,
承袭上古氐的血脉,
称自己为贝。

世外的遥远在咫尺,
一个族群悄无声息地澎湃。
王朗山下的篝火、踢踏的曹盖,
在一只巨大的铜壶里煮沸。
大脚裤旋风扫过荞麦地,
一个来回就有了章节。
黑色绑腿与飞禽走兽拜把子,
一坛咂酒撂倒了刀枪。

白马寨绷紧一面鼓,

白马人的声带，一根细长的弦，
鼓与弦的白马组合，
一嗓子喊成音阶上的天籁。
流走的云，都是自由出入的路，
吊脚楼、土墙板房里的鼾声，
有了天南地北的方言。
早起的白马姑娘，
一颦一笑，疑似混血的惊艳，
月光落荒而逃。

2016.5.9

海寿岛上

西江淡水喂养的岛,
海一样高寿。我从水上走来,
以这样的方式阅读她的沧桑。
摆渡的甲板上,
没有鳃的呼吸有水的荡漾。

我在岛上就是一尾鱼,
游弋在绿荫之中。另一群鱼在岛上,
妄议有一种蓝叫海之蓝,
听懂这些鱼的谜语,一剑封喉,
再年轻的海,也不敢继续蓝了。

岛上的水文刻度是海的生辰,
海在隔壁。岛上种棵树种几行诗给海,
我最后一行结尾在路边,
那个满头灰白的老太太,
脸上沟壑交错,一看就在深水区。

2018.5.3

芙蓉洞

一个字在洞口开花,
芙蓉肥硕的唇,磨瘦了时光。
深睡眠的远古,看不见人,
石头与水乳复活。
一百零八种迷人的体态,
静与动秘不可宣,恰到好处。
呼吸越来越急促,
那生命之源竟是自己,
半路留下的根。

滴水也是汹涌。
英雄座次后宫粉黛有了出处,
灯光渲染的帐幔言情,
版本更新,不断接近真相,
幽怨凄冷都是解说的词。
一块没有命名的石头,
正襟危坐,在那里默诵:
为老要尊……

芙蓉在洞口怒放,

根须一泻两千七百米,
每一米都在激活那个字。
那个字洞里不能藏,
那个字简洁象形,不生僻。
所有坚硬因柔软而生,
有了性情、血脉和姓名,喀斯特
在武隆,他是芙蓉的儿子。

2017.5.19

丰都

籍贯填写这两个字习惯了,
我不在那里生长,那是我的归宿。
唐太宗《西游记》里去过,
华光大帝《南游记》里去过,
他们是去,而我是回家。

爷爷的胡子长满坟头,
我从青草的摇曳中想象他的样子。
相信有一天我回到老家,
在人群中能够准确地指认,
就像他,在坟前石碑上对我的指认。

爷爷的墓碑是家谱的节选,
有我爸、我和我儿子的名字。
爷爷就是我的丰都,
尽管,父亲很早很早,
就带我漂亮的母亲离开了那里。

所以我必然与丰都有关,
所以儿子也必然与丰都有关,

儿子还有儿子,他们都与丰都有关。
丰都是人的丰都,老百姓是人,
从四面八方来这里报到。

回家和外来的都取消了座次,
不像八宝山出入等级森严,烦琐,
没有夜半的敲门担惊受怕。
每天听蛙鸣和鸟唱,每天都有,
上辈子冤家,在冥冥中拜堂。

2017.12.12

跋

"我是我自己的反方向"：再论诗和梁平的诗

魏天无

我并非第一次评论梁平的诗，但似乎刚刚意识到他的诗里有什么在我内心如檐雨嘀嗒作响，又悄然汇流成溪，澄清着我对诗的感知和体认，在相距我写的第一篇评论二十一年之后。

那就是，一位已过耳顺之年的诗人，决意要用诗实现其生命的彻底性：他全部的诗篇都可视为这一重大而神圣使命的和声；他的每一首诗也皆可看作带着轰鸣一寸寸深入地心岩层的一根根钻杆，就像W.S.默温所言，诗"与生命的彻底性相关，与彻底实现一个人的经验相关，彻底地实现它、表达它，让它具有意义"（《W.S.默温》，见《巴黎评论·诗人访谈》，伽禾译）。生命及其体验深不可测，变幻无穷，因之，看上去这是一个无法触底也无可企及的目标。然而，强力的诗人总在不可理喻地、执拗地追求不可实现之物中活出自己，成为一束纯粹的火焰。如同瓦雷里明知"纯诗"不可实现,承认只存在朝着接近这一"纯理想"状态的努力,但依然我行我素,不会因为他人的误解、讥讽而动摇。在任何时代、任何国度和民族,可以配得上伟大诗人、艺术家称号的人,大概没有谁不具备理想主义精神,以及在追求此一理想过程中的虔诚、坚忍、无所畏惧的态度。

我自然不是说梁平已位居"伟大"诗人之列,他对与他同时代的伟大诗人的敬仰与赞美,已在《时间上的米沃什》《一只简单的母鹿——致辛波斯卡》等诗中表露无遗。我也很难确切指出是从何时开始,由何契机触发,梁平将诗视为涵育其全部生命体验的不二文体;这同时意味着,他将重新朝着这个世界出发,与这个世界更多的人、事、物发生关系,产生摩擦,留下或深或浅的"我"的印记。至少就收入这本诗集的近两三年的诗作来说,他的这一愿望变得越来越紧迫,他的情感在每一首诗中几乎都要满溢而出;他似乎弃置了克制、节俭、适度、平衡等现代(西方)诗歌的"美德"——众人恪守的写作规则对此时的他而言,即便不能类同于陋习陈规,也不过是花拳绣腿——而倾心于建设他理想中的"诗美":说人话,写人事,抒真情,切勿装神弄鬼自欺欺人。这与其说是诗人不断走向成熟——它在很大程度上意味着规矩、分寸、圆融——不如说他进入了一个"逆生长"期,也就是,重新返回近似于童稚状态的对世界、对他人无尽的好奇心,永不停歇地观察、感受、描摹,以及毫不掩饰的对眼中、心中万物的巨大的喜悦：

> 我的南方不是很南，
> 没有椰林、芒果、槟榔，
> 没有奢侈的阳光、沙滩和海。
> 我的语言被归类北方方言，
> 我在北方说话不能任性，
> 只能普通，努力降格为普通。
> 我的丘陵与盆地，
> 也有了太多的白云蓝天，
> 一壶上好的竹叶青，
> 喝得神清气爽。
> 有了梦，梦见雪花飞舞，
> 一瓶过期的青花郎，
> 通透五脏六腑。
> 这种安逸真是妙不可言，
> 江山太大，只要落脚之地，
> 诱惑太多，只要心仪一滴。
> 我在不是很南的南方，
> 知己、知人、知冷暖，
> 向北，有草原毡房和烈酒，
> 向南，有海鸥贝壳和花期，
> ——不问西东。

(《我的南方不是很南》)

是的，如你所见，涌动在梁平诗里的是一种巨大的喜悦和幸福，一种清除所有"诱惑"之后妙不可言的"安逸"；一种自在，一种与"天地间唯有我在"完全不同的"唯有天地间我在"的恬淡，也可以说，是——指认了天地间林林总总的事物之后才有的襟怀；一种如他所常言的"普通"，也就是一种"正常"：从诗学的角度说，这种正常，就是回跃到诗与人合一的中国诗学伟大的传统中去。现代诗人、文学史家、评论家李长之先生在比较李白与杜甫时说到，两位诗人同样伟大，只不过"杜甫只是客观的、只是被动的，以反映那生命上的一切"，"在李白这里乃是，决不是客观地反映生活，而是他自己便是生活本身，更根本地说，就是生命本身了"（《道教徒的诗人李白及其痛苦》）。两位伟大诗人与川蜀之地交集密切，生于斯长于兹的梁平不能不受到这铸造于、成型于历史中的两大诗歌人格"典型"的浸染，并与之会心于"生命"这一诗的命门之处。就像他不惮其烦地自述，"我在乎的是，我的写作、我的生命和伴随我生命成长的社会里的宏观与微观，一定要发生关系，要留下自己的擦痕"，"我所有的作品，我恪守我必须在里面，不游离，不迷失"，"我的诗一定是我在。……在我的诗歌里看得见我的喜怒哀乐"（舒晋瑜《一个有血有肉的梁平在诗歌里——访著名诗人梁平》）。题为《欲望》的诗如此写道：

我的欲望一天天减少,
像电影某个生猛镜头的淡出,
舒缓,渐渐远去。

曾经有过的忌恨、委屈和伤痛,
一点一点从身体剥离,不再惦记,
醒悟之后,行走身轻如燕。

我是在熬过许多暗夜之后,
读懂了时间。星星、睡莲、夜来香,
它们还在幻觉里争风吃醋。

天亮得比以前早了,窗外的鸟,
它们的歌唱总是那么干净,
我和它们一样有了银铃般的笑声。

我的七情六欲已经清空为零,
但不是行尸走肉,过眼的云烟,
一一辨认,点到为止。

在这里,如果确实存在诗人写作的"逆生长"现象,它也不应被理解为倒退或复古,而是回跃,亦即以退为进;也不妨理解为,一个人坠入地心的过程是向另一个世界的穿越行为。你可以说那另一个世界是一个新世界,但它早已存在,只是由于种种外在于生命本体的"欲望"的扰乱而未在文字间(完全)现身。因此,《欲望》一诗奇特地显示了发生在诗人生命内部的两种"欲望"相反相成的激荡:一方面"我的欲望一天天减少",直至"七情六欲已经清空为零";但另一方面,回复到世界的源初存在("窗外的鸟,/它们的歌唱总是那么干净"),以及因此而感悟到自身的洁净与本真("我和它们一样有了银铃般的笑声"),这样的欲望越来越强烈也越来越催迫着"我"进入到世界中去:"干净"与"银铃般的笑声"这种在他人看来毫无"诗意"乃至俗不可耐的语词,在诗之内的"我"和诗之外的梁平那里,成为不可更易的"定音词":诗是世界源初的声音与诗人本性的声音,在文字间的此呼彼应,它们深深地彼此理解,彼此欣悦。《欲望》表达着诗人梁平的生活历程即生命历程亦即(以暗示的方式)写作历程:此外还能"阐释"什么呢?但他不是没有经历过、甚至可能欣喜过那些"生猛镜头"在诗中的频现。但"天亮得比以前早了"——这只能是纯粹的个人经验,也确乎有着不可言说的蕴含。也因此,"干净""银铃般的笑声"这样的语词只能由它们自己去解释,去界定:这样"普通"的、"正常"的语词,很可能曾经一度让这位以语言为生的人为难或羞赧过。现在,由于"天亮得比以前早了",一切都是那么坦然,"过眼的云烟，/一一辨认，点到为止"。

然而，把梁平的诗定位在"生活之诗""生命之诗"又能如何呢？一向秉持要"学会欣赏别人，尊重别人"的梁平口中和心中的"别人"，他们的诗未必不是"生活之诗""生命之诗"？一方面，如李长之先生所言，"别人"的诗可能只是客观、被动的对生命的折射；而梁平的理想是要以诗实现其生命的彻底性，因此他需要的不是在个人生活的狭小圈子里，而是在世界的整体之中左冲右撞，像一只在悬崖峭壁间奔跳的岩羊。他并不知道此彻底性将终止于何处，甚至绝无终止之可能。但也正在此时，借用汉娜·阿伦特的话来说，当一个人"不可亵渎、不受诱惑、毫不动摇"的时候，他才会那样地充满魅力（《献辞》）。而阿伦特终其一生所做的，如她自己所言，只是想读懂这个世界。更为重要的一面是，梁平愈发清醒地意识到，诗不是用以表达诗人对生活/生命的情感与体认的载体——这种普遍存在于诗人群与读者群的对诗歌的认知，实际上是确认一个人先有"生活"或"生命"的存在，他的任务只是把它（某种客体？）映现在某种特殊的文字中。而对梁平这样的诗人而言，语言文字是其生活/生命所从出的场所，如果它具有某种看起来不一样的形态，那全然是因为生活/生命的浩瀚与精微，以及处于浩瀚与精微之间的样态是难以捕捉与描摹的，所谓"可以言论者，物之粗也；可以意致者，物之精也；言之所不能论，意之所不能察致者,不期粗精焉"(《庄子·秋水》)。简言之,梁平的诗歌语言是与他的生活或生命共存、共在的,犹如一张纸的两面,无法剥离;所谓"生活""生命"这样抽象的东西,只能借由诗歌来追寻,来指认:

与时间纠缠一生,
在最后的时间里,轰然倒下。
蓝色的波罗的海在号啕,波及
所有的水面和陆地。
为时间唱挽歌的波兰老人,
被时间掩埋在克拉科夫家中,
时间为他而凝固。
那些用波兰语写成的诗歌,
繁衍成其他民族的语言,
覆盖了世界。
这是波兰的一个神话,
可以用时间制造画面和记忆,
并赋予它庞杂寓意的神话。
制造这个神话的大脑,是一片海,
无数种类在海里相互撕咬,
相互激活,排列出井然的秩序。
像这个人复杂、有序的身份,
阔少、制作人、外交官
诗人、教授、流亡者……

> 时间在他的笔记里，
> 惶恐、困惑、悲伤和虚无，
> 每一个时刻都有斧凿的痕迹。
> 绝望中昂首法西斯的屠刀，
> 以鲜血分行救赎历史。
> 敏锐、毫不妥协地承担，
> 撕开人类剧烈冲突中的赤裸，
> 在时间之上。
>
> （《时间上的米沃什》）

这首诗写的是诗人米沃什还是那位写米沃什的"我"，诗人？都是，又都不是。米沃什成为波兰的一个"神话"恰恰是因为在属于他的时间中，他是一个活生生的具体的生命。这一生命既是浩大无边的，又是无微不至的，"制造这个神话的大脑，是一片海，/无数种类在海里相互撕咬，/相互激活，排列出井然的秩序"。《时间上的米沃什》是一首生命之诗，也是一首关于时间——"时间"同样是梁平诗中的关键词之一——的颂歌。由此生命，写诗的未现身的"我"确认"敏锐、毫不妥协的承担"是生命的必需，也确证于诗中"撕开人类剧烈冲突中的赤裸"的必要；这种确认和确证是写作者注入自己生命之中的某种"绝对律令"。那么，诗人米沃什在其一生、在超越时间的意义上，实现了其生命的彻底性了吗？诗人梁平和这首诗的读者无从回答。但

时间笔记

米沃什曾经很肯定地说:"我确实认为最好的成绩都是由那些直接与生命建立联系而不是与书写文字建立联系的人取得的。"(《米沃什访谈录》,黄灿然译)他把诗歌理解为一种"去芜存菁"的行为:祛除以"日常生活"为名填塞进诗行的芜杂,直至在时间中,在诗人的持久忍耐中,在日复一日单调而艰辛的劳作中,使之沉淀出属于个体生命的熠熠光华,像一个人最后的骨殖。只不过看起来,当许多诗人,尤其是年轻一代诗人在诗中让出"我",以便以客观、冷静、不偏不倚的方式凸显世界"本来"面目的时候,诗人梁平坚定了一条落尽岁月沧桑的"茶马古道":让一个个"我"接踵而至,与这个世界亲密接触、交会、摩擦乃至冲撞:

> 我执意要到湖中的岛上,
> 上面没有树,裸露的石头,
> 被水包围。在东湖见到的湖光山色,
> 随手采撷都可以享用一生。
> 而我发现那座孤岛,
> 身体有些战栗,不能自已。
> 雇一条小船摆渡,湖面的烟波,
> 从四面八方蜂拥而至。
> 我像一个戴上头套遭劫持的俘虏,
> 被押解到岛上。
> 除了石头还是石头,

不明白这些石头是扎进水里，
还是从水里生长起来。
在岛上，看见东湖的波涛了，
无风也起浪，靠近水边的石头，
已经遍体鳞伤。环岛一周，
一棵草也没有，鸟在头上盘旋，
飞了。船，被固定在岛边，
船夫一直背对着我。回到船上，
暮色涂满天空，岸边的灯红酒绿里，
有人向我招手，我的手，
怎么也举不起来，不能挥动，
不敢对那些石头说再见。

（《湖心岛》）

"湖心岛"不啻是诗，以及写诗的人，在今天这个世界中的境况的最好的隐喻；在如此"执意"的"我"的凝视与推动下，你可以意识到它在生长，在扩大。而每生长一寸，扩大一分，它与世界的接触面就随之延伸，其边缘所激起的浪花便更其晶莹、透亮、迷幻。在这个世界上，也在处于这个世界的孤岛中，"我"是自愿戴上面罩、自愿被押解的俘虏，仅仅出于一种探索未知世界的巨大的好奇。"我"在仿佛"扎进水里"，又恍若"从水里生长起来"的遍体鳞伤的石头身上确认了自己，就如同在几乎同一时间写下的《石头记》一诗中,"我"确认"我"的前世就是赤裸的石头,"无论在陆地还是海洋,/无论被抬举还是被抛弃,/都在用身体抵抗强加给它的表情,/即使伤痕累累"。

诗人梁平没有在诗中让出"我"以便呈现一个"完整的世界",相反,他几乎让他所有的抒情诗——至少就这本诗集而言——成为一个个赤裸的"有我的世界";他役使着"我"纵身跳入这个世界,以至"乐不思蜀",其目的如前述及,是为了在生命体验可能达至的极限处,去指认和确证自我:那是真实的"我"的真切的生命。就如同里尔克曾经感慨的:"说到底,艺术作品总是一个人于险象环生中的结果,是身体力行走遍所有路途,至于山穷水尽,再无可能更进一步的结果。走得越远,体验便越发自我,越发个人,越发独特;而所完成的作品最终便不可或缺,不可遏制,且,尽可能地,成为此种独特的决定性表达⋯⋯"(《观看的技艺:里尔克论塞尚书信选》,光哲译)由此不难理解,梁平的诗中充满了突围的隐喻和寓托:突围即是抵近、逼近,就是在山穷水尽之处去瞥见柳暗花明。这种突围行为,在其具体诗作中体现为突破若干个圈层。首先是突破自我或他者附加在身上的各种"挂件"或赘余,这被诗人表述为"卸下""清零"或"舍得"。《卸下》一诗开篇即言"卸下面具,/卸下身上的装扮,赤裸裸",其所指即是"突围":"突出四面埋伏的围困,/清心,并且寡欲。"而其效果是"看天天蓝,看云云白"。《欲望》一诗直接表述了要将七情六欲"清空为零"。《舍得》一诗则言:"所有身外之物开始脱落,/虚荣、自恋、得失的计较,/都是头皮的屑。过去就是过得去,/转过身,又是一片新大陆。"在一一清除"身外之物"之后,"转过身"成为诗人释放的最强的新的"欲望"。其次是走出自我圈定的陋室,走向屋外的大千世界。梁平诗中不时出现凝视窗外的意象,他能看到其他人,但他能知晓其他人内心发生着什么吗?是正肆虐着风暴,还是平静如水?那些将枝叶触碰到窗玻璃的景物呢?那些在府南河纯净得耀眼的白鹭呢?景物是什么等同于它们对他意味着什么吗?实际上,诗人隐身的陋室类似于柏拉图关于洞穴的隐喻:穴居人将自己投射到对面洞壁上的影影绰绰的影子,当作真实的世界。而许多的写作者迄今似乎并未从此古老的隐喻中获得启示,也就未能从虚幻的世界中走出来。第三是从梦与现实的杂沓、交缠中突围,如《城市深睡眠》《经常做重复的梦》《在某个夜里突然失踪》《夜有所梦》等。诗中的"我"游走于梦与现实的边缘,藉由"另一世界"来认识现实的世界,也经由"深睡眠"中的"我"来认识真实的"我"眼中真实的世界:

睁眼闭眼之间,
在梦的边缘辨别这个城市。
府南河楚楚动人的样子,
九眼桥喝嗨了的样子,

时间笔记

夜幕挂满霓虹的样子。
睁眼的时候什么也看不见,
只有闭上眼睛,
才看见这些形形色色。

眼见为实越来越不可信,
看见一堆笑,
看不见笑里藏的刀。
十字路口目睹一只蚂蚁,
横穿斑马线,看见肇事的车辆,
看不见血。
我看见和我看不见的,
都不能指认。

这样的情形已经很久了,
让我自己给自己纠缠不清。
在城市进入深睡眠以后,
我的另一个我,游离,
我的灵魂出窍。
我就是埋伏的天狼星,
在天上看,看城市揭开面膜,
看赤裸裸的人。

(《城市深睡眠》)

这首诗的重心还是在"我的另一个我,游离",也就是"转过身"去,脱离原来的躯壳而成为"赤裸裸的人"。承接着"转过身"与"游离",突围的最后一层、也是最重要的含义,在梁平的诗里是突破自我,走向反向的"我":

我是我自己的反方向,
所以面对你就是一个问题。
你的名字和根底,你的小道具,
比熟悉的我自己,更明了。
你是不是你不重要,
你在和不在也不重要。
镜子面前我看不见自己,
别人的眼睛里我看不见自己,
我是我自己的错觉。
跟自己一天比一天多了隔阂,
跟自己一次又一次发生冲突。
我需要从另一个方向,
找回自己,比如不省人事的酒醉,
比如伸手不见五指的暗夜。
只有自己跟自己过不去,
才不会有事无事责怪别人,
所谓胸怀,就是放得下鲜花,
拿得起满世界的荆棘。

(《我是我自己的反方向》)

梁平诗中毫不避讳"我"却极少出现"你",尤其这个"你",既是作为"我"的另一重主体,又是作为观察、剖析、批判"我"的客体而出现的。此刻这个"你"真真切切地现身于"我"和读者眼前:"你"并不是"我自己的反方向",而是另一个"我"要告别的"我";或者说,"你"是"我"告别了另一个"我"之后留下的影子,用以标识"我"的来历。如同鲁迅先生在《影的告别》中所写,"人睡到不知道时候的时候"——即"深睡眠"之际——就会有影来告别:"有我所不乐意的在天堂里,我不愿去;有我所不乐意的在地狱里,我不愿去;/有我所不乐意的在你们将来的黄金世界里,我不愿去。/然而你就是我所不乐意的。/朋友,我不想跟随你了,我不愿住。/我不愿意!"当然,诗人梁平并没有也不会彷徨于"无地",他企望的是做一个"正常"世界里的"普通"人,但这同样需要付出伤筋动骨乃至脱胎换骨的代价;这代价对于那些怀抱着理想主义精神的写作者来说,是一种荣耀,也是一种欣慰。诗人梁平以在诗行中召唤出"你"的方式,以"反向"的方式,接通了诗思与哲思。易言之,没有人可以单凭"我"来看清"我",探索世界、认识他人、融入万物是认识自我、确证自我,进而领悟生命真义的不二法门。这就是哲学家雅斯贝尔斯所言,"如果我只是我自己,我就是荒芜"(汉斯·萨尼尔《雅斯贝尔斯》,

张继武、倪梁康译);希勒尔(Hillel)所说,"如果我不是为了我自己,那么谁会为我呢?如果我只是为了我自己,那么我又是谁?"(转引自伊丽莎白·扬—布鲁尔《爱这个世界:汉娜·阿伦特传》,陈伟、张新刚译)这就诗人面对世界、面对他人时的"心灵总态度"(罗振亚《梁平的诗歌写作》),他以此融入和统摄生命中所遭逢的一切,却是为了从不同的方向审视、辨认"我",建设自己的生命格局。在《养蜂人》中,这一格局被描述为:"一个人巡走的舞台,/一个人的千军万马,/每个花季的演出,只要花开,/就必须灿烂。"

老叶芝(J.B.叶芝)在给儿子、诗人W.B.叶芝的信中,以十分肯定的语气说:"艺术将会迎来一个新天地。所有的艺术都是对生活的回应,它如果称得上重要和伟大,就一定不能逃避生活。当然世界上也有脱离现实的精美艺术,但这类艺术美则美矣,惜无活力……在米开朗琪罗的年代,要逃避生活是不可能的,因为每一分钟的生活都像牙疼那么真实,像世界末日审判那么严峻和深入骨髓。"(《叶芝家书》,叶安宁译)诗人梁平的诗不只是给读者以"牙疼"、以荆棘满手那样的真实感,也给他们以花开灿烂、以"树叶羽化成云"的愉悦感,以"与山交换八两醉意"的满足感,概言之,是给读者以"知冷知暖、知苦知痛,就是真正的人间烟火"的人生体验,"你的生活就是你的现实,对于创作而言,绝不是可有可无的符号。诗人应有高度自觉,要以这样的认知让你的写作落地生根"（舒晋瑜《梁平访谈：宏大叙事的境界和主旋律诗歌的技巧》）。即便是草根，如梁平所写，也有它并非卑微的生命基因，无法杂交，只能迎风而立，让一缕缕根须如一次次闪电，从另一面，照亮大地和在大地上永无停歇地行走的人：

> 我的祖籍、出生地，
> 我的姓氏、名字、阶段性的身高，
> 我血脉里的嘉陵江和长江，
> 水流沙坝的赤条条，
> 衣冠楚楚的标准照，
> 都在这里。
> 朝天门放飞的那只风筝，
> 带我去了另一个城市，
> 安逸、散漫、麻辣也柔和，
> 盖碗茶滋润了与身俱来的干燥。
> 干燥在我的母语中注入性情，
> 比文字本身更凶猛，
> 可以两肋插刀，赴汤蹈火。
> 与我现在的温文尔雅，
> 相距300公里，间隔一杯酒。
> 酒，可以删繁就简，
> 在城市与城市之间相亲相爱。
> 重庆，成都，生活的储存与流放，

我身在其中，健在。
我叫梁平，省略了履历，
同名同姓成千上万，只有你，
能够指认，而且万无一失。

(《墓志铭》)

2019年12月24日改定

魏天无，学者、作家、诗人。文学博士。现为华中师范大学文学院教授，兼任湖北文学理论与批评研究中心、华中师范大学诗歌研究中心研究员，湖北省作家协会诗歌创作委员会副主任。曾为美国孟菲斯大学（UM）交换学者（2012—2013）。主要研究领域为义学批评学、马克思主义文论、现代诗学，兼事批评写作。